青春的荣耀·90后先锋作家二十佳作品精选

高长梅　尹利华◎主编

青春在
疼痛中成长

孟祥宁 著

九州出版社 JIUZHOUPRESS　全国百佳图书出版单位

图书在版编目（CIP）数据

青春在疼痛中成长 / 孟祥宁著. -- 北京：九州出版社，
2013.5（2024.4 重印）

（青春的荣耀：90 后先锋作家二十佳作品精选 / 高长梅，
尹利华主编）

ISBN 978-7-5108-2144-8

Ⅰ.①青… Ⅱ.①孟… Ⅲ.①散文集 – 中国 – 当代
Ⅳ.①I267

中国版本图书馆CIP数据核字（2013）第113845号

青春在疼痛中成长

作　者	孟祥宁　著
出版发行	九州出版社
地　址	北京市西城区阜外大街甲35号（100037）
发行电话	（010）68992190/2/3/5/6
网　址	www.jiuzhoupress.com
电子信箱	jiuzhou@jiuzhoupress.com
印　刷	三河市恒升印装有限公司
开　本	720 毫米 × 1000 毫米　16 开
印　张	10.5
字　数	135 千字
版　次	2013 年 6 月第 1 版
印　次	2024 年 4 月第 11 次印刷
书　号	ISBN 978-7-5108-2144-8
定　价	49.80 元

小荷已露尖尖角（代序）

高长梅

长江后浪推前浪，是自然规律，也是文学发展的期待。

80后作家曾风光无限——韩寒、郭敬明、张悦然等大批80后作家已成为中国当代文学的生力军，他们全新的写作方式、独特的语言叙述，受到了青少年读者的追捧。

几年前，随着90后一代的成长，他们在文学上的探索也逐渐进入人们的视野。

2006年，《新课程报·语文导刊》（校园作家版）创办时，我在学校调研，中学生纷纷表示，希望报社多关注90后作者，多培养90后作家。那年年底，我在南昌参加中国小说学会小小说年度排行榜评选时，与学会领导和专家聊起90后作者的事，副会长兼秘书长汤吉夫教授对我说：看现在的小说创作，80后势头很猛，起点也高，正成为我国小说创作的生力军，越来越受到文学评论界的重视。你有阵地，就要多给现在的90后机会，文学的天下必定是属于新一代的。副会长、著名散文家、文学评论家雷达博导，副会长、著名文学评论家李星编审都高兴地表示，今后会逐渐关注这些90后的孩子，还表示可以为他们写评论。2007年年底，中国小说学会在报社召开中国小小说年度排行榜评选会议，几位领导还专门询问90后作者的创作情况。

2009年，著名作家、茅盾文学奖获得者、解放军总后勤部创作室主任周大新到报社指导，听到我们介绍报社非常重视90后作者的培养，而90后作者也正展现他们的文学天分，报社准备出版一套90后作者的作品选时，周主任静下心来仔细翻阅那套书的部分选文，一边看一边赞不绝口，并表示有什么需要他做的他一定尽力。周主任的赞赏让我们备受鼓舞，专门在报上开设了《90先锋》栏目。这个栏目一推出，就受到90后作者、读者的欢迎。

2010年，著名报告文学作家、学者，中国图书奖、五个一工程奖、鲁迅文学奖获得者王宏甲到报社指导，见到报社出版的《青春的记忆·90后校园文学精选》及报上的《90先锋》专栏文章，大为赞赏，并称他们将前程无量。之后不久，我们决定出版《青春的华章·90后校园作家作品精选》。这套书收入18个活跃的90后作者的个人专集，也是90后第一次盛大亮相。曹文轩、雷达等为高璨作序，著名文学评论家李少君、张立群为原筱菲作序，著名评论家胡平为王立衡作序。此外，还有一大批中国作家协会会员如刘建超、蔡楠、宗利华、唐朝晖、陈力娇、陈永林、邢庆杰、袁炳发、唐哲（亦农）、孟翔勇、倪树根、李迎兵、杨克等都热情地为90后作者作序推荐。他们在序中都高度评价了这些90后作者的创作热情、创作成绩。当然也客观地指出了一些值得注意的问题。

90后作者的成长也引起了文学界的重视，他们当中不少人都加入了省级作家协会，尤其是天津的张牧笛还于2010年加入了中国作家协会。他们以自己的灵气、勤奋，正逐渐走向中国文学的前台。

张牧笛、张悉妮、原筱菲、高璨、苏笑嫣、王立衡、李军洋、孟祥宁、厉嘉威、李唐、楼屹、张元、林卓宇、韩雨、辛晓阳、潘云贵、王黎冰、李泽凯等无疑是这一代的代表。这其中我特别欣赏原筱菲。她不仅诗歌、散文等写得棒，美术作品别有特色，摄影作品清新可人。在报刊发表文学作品、美术作品、摄影作品2700多篇（首、件）。还有苏笑嫣。不仅诗歌写得好，小说也受评论家的好评。尤为可贵的是，她完全依靠自己的能力行走文学，却不去借助自己父母的关系走丁点捷径。还有张元。一个西北小子，完全凭自己对文学的执着，硬是趟出自己未来的文学之路。还有韩雨。学科公主，加上文学特长，使得她如鱼得水。

著名文学评论家白烨曾发表文章将40岁以下的青年作家群体细分为"70年代人"、"80后"和"90后"。他评价，90后尚处于文学爱好者的习作阶段。从创作来看，青年作家普遍对重大历史事件有所忽视，对重要的社会问题明显疏离，这使他们的作品在具有生活底气的同时，缺少精神上的大气。不过，在他看来，这些年刚刚崭露头角的90后有着不输于80后的巨大潜力。（转引自《南国都市报》2012年9月18日）

但不管怎样，成长是他们的方向，成长是他们的必然结果。

这次选编这套书，就意在为90后作家的茁壮成长播撒阳光，集中展示90后作家的创作实力。我们相信，只要90后的小作家们能沉下心来，不断丰富自己的阅读以及丰富自己的社会积累，努力提升自己写作的内涵，未来的文学世界必然会有他们矫健的身影和丰硕的成果。

我们期待着，读者也期待着！

目录
CONTENTS

第二辑

丝瓜里的娃娃

目录

CONTENTS

第三辑

我和初恋不打不相识

红玫瑰

小灰不飞

八月初的雨,淅淅沥沥地下了一整天,像在为即将逝去的夏天做最后的祷告。我一直望着窗外,看雨滴从天空坠落,拉成一条线的样子。我想知道,坠落的时候它会不会害怕,会不会想天空那个家。

小灰很安静地在笼子里吃着它的晚饭,那是个散发着金色油漆光芒的竹笼子,和小灰银灰的颜色配在一起格外迷人。笼子有个圆圆的拱形顶,每当我提着它的时候,小灰总是喜欢将脖子伸得长长的,去啄最高的地方,我把这原因归结为小灰喜欢我的手。小灰有着一身灰色的羽毛,很华丽的灰色,像一位身着燕尾服的绅士,它总是喜欢仰着小小的头,微睁着双眼,仿佛看不得太阳,会刺痛眼睛一样。

手机就是这个时候震动的,嗡嗡嗡,很轻很细微的声响,却被我敏感的怀着期待的耳朵瞬间捕捉。我到了。屏幕上三个简短的字。

我放下手机,轻轻地打开了笼子,我说小灰小灰你飞走吧,你已经这么大了,就像我也长这么大一样,我们都要离开自己的家去外面闯荡一番,经历磨难,体验生活,不然怎么算是成熟呢? 尽管我是那么的不舍……我的泪流了下来,我顿了顿。我不忍心让你一个人离开,你从小就是我带大的,你就像我的亲人一样,呵护你心疼你,你却要一个人飞走了……

手机不安分地乱响。我说得有点多了,我用手臂擦干眼泪,打开窗子,看着它从笼子里飞出去,扑棱扑棱几下翅膀,就不见了踪影。跑得那么快,也不知道给我道个别。我有些难过,泪又流了下来。

它和我都还很小的时候,我一只手就可以托住它的时候,在一个雨天被淋得湿漉漉,冻得浑身颤抖,眼睛眯着睁不大,受伤的翅膀还在滴着血,红色的液体细细地混在雨水中,像蘸了水的红色墨水笔。我叫了起来,我说看啊爸爸,这里有一只受伤的小鸟。我蹲在蓝色的垃圾桶旁边,顾不上白色的裙子拖到了地上沾了雨水和泥,眼神充满关切和怜悯。为了对我进行生命教育,我的父亲很温柔地拍拍我的头,说那你应该怎么办呢? 我眨着并不大的眼睛,有雨水顺着风吹到我的脸颊,冰凉凉的。我说我要把它带回家包扎,让它安安静静地休息,就像我生病住院一样。父亲赞许地点点头,然后看着我轻轻地用手捧着它,一直到家。

就这样,我帮它包扎好伤口,我为它买了鸟笼,买了食物,起了新的名字叫小灰。它很安静很温顺地看着我,我的脸和它的脸对视,我感到一种很奇妙的兴奋。我喜欢把它放在笼子里面,喜欢它陪着我,看着我睡觉,看着我起床,看着我一天的生活。我不要洋娃娃和机器猫,不要电脑游戏和电视连续剧,我只要小灰,它可以给我带来生命的活力和气息,带来莫名的快乐。

我趁着父亲在厨房忙碌的时候蹑手蹑脚地从门缝溜出去了,我背着一个很小的包,为的就是被发现了的话还可以谎称去同学家借书。我为自己高明的想法感到庆幸。我轻轻把门带上后,飞快地跑到楼下,像是在逃避什么似的。

对,逃避些什么? 逃避一个禁锢自己身躯的家,逃避一个束缚自己

的地方。我出生在一个很传统的家里，我的父亲也很传统，有着父母在不远游的牢固思想，任我怎么说都说不动，他坚定地站在他的立场。可是当我认识了刘子穆后，我就更加坚决地要和他赴一场庞大而华丽的旅游盛宴。我拽着父亲的胳膊，撒娇地劝服他，脸上堆着笑，他一甩手臂，脸一板，我的笑就冻结了，我的心也冷了一半。浪浪浪，成天就知道浪，打扮得像个花枝招展的妖精一样，和你妈一样，浪到最后没了踪影。我扭头就走，都什么陈年往事了，还提她。我不知道大人间的事情，也不想知道。我摆摆手，算了算了，我去屋里看书好了。我锁上门，望着我的小灰，冲它嗷嗷嘴，它也把头凑到我的跟前，摇来摇去，我真是越来越喜欢它了，尽管父亲总是告诫我快点放它出去，放它到大自然中去，那才是它真正的家。可是我不肯，我死死地抱着笼子，它在里面扑棱着翅膀，受了惊吓地跳着。看，小灰也不愿意离开我呢。

从前刘子穆喜欢透过窗户向我挥手，我看着对面的楼，向他伸了十个手指，双手张开。十楼见，这是我们的暗语。我打开房门，背上小包，我说我去同学家还书。父亲一声没吭，默许了。只要离他不出五百米，都算是我正常的活动范围。

我穿了条淡蓝色的裙子，带着公主发卡，满脸激动在跳跃。我一路小跑，跑到对面的楼下，熟练地按了电梯，然后满心欢喜地期待在门打开的一瞬间看到他微笑的脸。

果真如此。我看到了他白皙的干净的脸，还有印着卡通图案的 T 恤衫，黑色的牛仔裤，白色的板鞋，手里拿着的一束百合，清香萦绕在周身，夹杂着头发上洗发水的味道。我们坐在狭窄的楼梯口，很开心地聊着天，聊着外面的世界。他说有一天要带着我去旅行，游遍中国的各个角落，再欣赏世界的不同风景，最后有机会去火星转一圈。我被他逗得呵呵直乐。

于是梦想的种子便萌发了。它一旦长起来就飞快了，我的小小心脏已经按捺不住了，快要搅得我心神不宁了。我再一次请求得到父亲的准许，换回的仍是严厉的脸。

可是我从来不这样对子穆说。我点点头，说我把行李都收拾好了，咱们先去哪里？他说，我们先去临海的那个大城市，那个灯红酒绿、目眩神迷、浮华尘嚣、行色匆匆的城市，那个充满了物质利益与精神需求、传统与现代并存的城市。我再一次乖乖地点点头，去哪里都好，只要和他在一起，我都心甘情愿。

我说可不可以带上我的小灰，我与它一刻也不能分离。他皱了皱眉毛，摇摇头，不行，它太麻烦了，不能带。我微微有些失望，但一想到还有他陪着，我就又重新恢复了笑。

我们在火车上吃了许多零食，袋子在小小的桌子上堆成了一个小山，我坐在靠窗的地方，眼睛一直望着外面，不是因为在欣赏风景，而是不好意思与刘子穆对视，每当看到他那一双睫毛上翘的大眼睛时，我的心都会扑腾扑腾加速，仿佛能够开出一列火车来。

到站的时候，我们仰头望着看不到顶的高楼大厦，才明白自己的渺小。我们拿着并不充足的钱，去商场吃昂贵的冰淇淋，到弄堂淘可爱的小玩偶。他牵着我的手走在吱吱作响的木质楼梯上，轻轻地将写好的祝福贴在满是五彩便利贴的墙上，我们并肩坐在藤条的秋千椅上，荡来荡去，青春在摇摆，生命仿佛永不停歇。他微笑地看着我站在镜子前，一件一件试穿带着民族风情的长连衣裙，用 Iphone 将不同的我定格下来，嘟嘴的卖萌的性感的傻笑着对眼的我，在相册中看着他，每天每天。

当晚风吹动着我的长发，小笼包的油滴到了地上，我们大笑着狂妄地走在繁华的人来人往的街上，夜晚的霓虹灯好美。夜深了，我们坐在公园的长椅上，困意袭来，才感到疲乏，自由的日子已经过了一天又一天，享受到的快乐也在带着凉意的夜风的吹拂下，消失得无影无踪。像我们的衣兜，空空如也。

我说，我们回家吧。带着沙哑的无奈。他点点头，我早就知道，你总有累的那一天。他突然顿了一下，咽了口唾沫，继续说道，你知道我为什么会有大把大把的时间吗？我摇摇头。我爸妈在我两岁的时候就离婚了，我跟着爸爸，可是他的生意很忙，经常将我一个人丢在家里，我小的时候饿得大哭却没有人听到，于是我学会了自己做饭。我习惯了一个人的生活，一个人背着包到处旅行，认识了许多朋友，学会了抽烟打麻将，经常通宵在酒吧唱歌，整日整夜不回家。没有人管我，刚开始这种自由与新鲜感，就像你的渴望一样，很强烈，但是慢慢地，每当这夜深人静的时候，我看着一户户亮起灯的家，都会想起我的爸妈，想起我的童年，想起我曾经以及应该有的那些幸福，但是在我的世界中，怎么也找不到。所以我羡慕你，羡慕你的爸爸总是陪在你的身边，他不让你到处乱跑，因为他知道，你是他的宝贝女儿，独一无二。

我的泪早已流满了双颊，我伏在他的肩膀上，肆无忌惮地哭着。

第二天我们就坐上了返程的火车，到家的时候，雨下得很大，我们撑着伞，小心翼翼地踏着水花前行。我又路过了那个蓝色的垃圾桶，竟然发现了一个熟悉的身影。小灰！我大叫着冲过去。

它的羽毛不再是银灰色的了，雨水混着泥巴为它染上了一层黑乎乎的颜色，它的眼睛紧紧地闭着，身上瘦成了一副骨架。我捂住嘴，因为我看到了许多白白的扭动着身躯的生命，在它的身体中穿行。

子穆叹了一口气，用手挡住了我的眼，怕是饿死的吧。我哭得更伤心了，都是我不好，把它放出来了，我忘记了它不会捕食，不会一个人生活，它一直都跟在我的身旁，是我的自私与无知害了它。

我们在花园中挖了一个小小的坑，将它安葬了。小灰不飞，你在这个家要一直幸福下去。

我把伞抬高，望着我家的方向。大大的落地窗前，爸爸捧着一杯茶，安静地看着远方，像是在等待一个人。

健忘症

我快疯了。

这已经是我丢的第十五件物品了,发卡、辫绳、校牌、手链、梳子、铅笔……总是随手一丢就忘了丢到了哪里,这次我又找不到我的笔记本了,记得就放在了床上,怎么会没有呢?

"郝艺啊,你看到我新买的笔记本了吗?"我将头往下铺看去,长发被我疯狂地抓成了一团,披散着,很像一个垂下来的女鬼。

"哎呀,大半夜的,你吓死我了。"郝艺从被窝里伸出头来,将语文书放到枕头上。

"我说真的呢,我又找不到了。"

"我没看到,你再找找,不会你真得了健忘症?"

"哎,我要是也叫'郝艺'就好了,好记忆啊!"我垂头丧气地将头埋进被子里,仔细回想着,笔记本是中午阿七帮我买的,很浪漫的牵手图案,我非常喜欢,还请他喝了一杯奶茶。

我和阿七在一起快一年了。我们班里一共有三个体育生,我和郝艺

是跳芭蕾的，阿七是打篮球的。他又高又瘦，肌肉很发达，手臂非常有力量，和他在一起常常会有安全感。只是我才到他的肩，和他说话很费劲。

我认真想着我一天的整个活动，除了上课下课，就是到大操厅去练舞，期间没有回到宿舍，只是晚上洗漱完了才发现少了点东西。

我越想越头疼，手上的书也看不下去。当郝艺第一次告诉我健忘症的时候，我就百度了一下"什么是健忘症？"医学用语称之为暂时性记忆障碍。简单讲健忘症就是大脑的思考能力（检索能力）暂时出现了障碍，因此症状随着时间的发展会自然消失。

可是我发现健忘症到我这里并没有逐渐消失，而是随着时间的发展越来越强烈了，它就像一根树枝，缠上我后就再也不想离开，越缠越多、越缠越多，直到最后我整个人都被勒死。

难道宿舍里有小偷？这个念头出现在我的脑海中时，我不寒而栗。我在这个班里待了近三年，没有出现过丢东西事件，更不用说这么频繁，三天两头丢一次，况且都是一些很细碎又不值钱的东西，我要是小偷肯定不会傻到偷这类东西的。

看来只有一个原因，俗话说"头脑简单四肢发达"就是在描述我吧！我的芭蕾舞练到了炉火纯青的地步，几乎所有的老师看了我都竖大拇指，我也曾打破了"体育生受人歧视"的普遍现象，并且在每次运动会上，帮班里赢得了数张奖状。于是，在马上要高考的关键阶段，我本来就不发达的大脑此刻高速运转，根本没有空间去想这些无关紧要的事情。一定是这样的。

那天下了晚自习，阿七送我回宿舍，他总是那么温柔体贴，会在天凉了帮我加一件衣服，会在深夜担心我的安全，会在学习学累了帮我买零食吃。

我将我得健忘症这件奇怪的事情告诉了他，他笑着摸着我的头发说："要不要我帮你买'忘不了'啊！"我以为他只是说说。

过了几天，没想到他还真的帮我买了一盒"忘不了"。我充满感激地看着他，不知道说什么好。我们一定要考入一所大学，然后找一份好工作，争取以后能在体育事业上作出一番贡献。

可是我吃了数天的"忘不了"后，竟然一点效果也没有，我还奇怪地将"忘不了"也弄丢了。我在宿舍里发了疯，把所有的书本都丢到了地上，好友纷纷来安慰我。

"还有一个月就高考了，你还是把心思都放在学习上吧，不要再想其他的事情了。"

"对啊对啊，有的时候，你丢的东西会在你不找它的时候自动跳出来，不要再想了。"

"先做作业要紧啊，快别伤心了，赶紧把书本都捡起来，其他同学也要学习呢！"

我将心情暂时平静了一下，然后含着泪熬夜苦读。

高考前的几天，我仍然弄丢了许多东西，可是我的心态却平稳了许多。我把心思全部用在了学习上，阿七也拼命努力，我们两个经常一起讨论问题，在一起背课文。

炎热的天气，太阳炽热地烤着大地，知了不停地叫着，我们迈进了考场。

我和郝艺在本校的同一栋楼里考试，我们往教室走时，郝艺攥着我的手突然一紧，然后拼命地翻她的包。

"怎么了？你脸色怎么变得这么苍白？"我着急地问。

"我的天，我的准考证忘带了。"她目光呆滞，鼻尖沁满了汗珠。

"你没开玩笑吧？你也得健忘症了？马上就开始考试了，你别吓我。"我半信半疑地问。

"我放到我的床上了，就在枕头底下。"看她的样子不像是说谎。

"我帮你拿去，你在门口等着。"

说完这句话,我就穿越层层人群,以我的飞毛腿拼命穿过操场,跑到五楼,打开宿舍门,将她枕头下的准考证拿了出来,又奔了回去。

我的汗湿透了后背,还好没有到考试的时间,我看到郝艺在门口无助地埋着头哭。我将准考证塞给她,她泪眼汪汪地看着我,脸上充满了复杂的神情。

考试进行得异常顺利,考完后我长长地舒了一口气。后来,我和阿七都如愿以偿地进了同一所重点大学,而郝艺却落榜了。

我渐渐地发现,我的健忘症消失了,我再也没有丢过一样东西。

直到有一天,门铃响了,我顾不上穿鞋就踩着地板跑了过去,门口站着一个投递员,说有我的一件快递。我签了字,很疑惑地收下了。

只有收信人的地址,没有寄信人的地址。我猜想它会不会是一个炸弹,我还贴着封皮听了好久,确认没有"滴答"声后,我好奇地将包裹打开。

一个漂亮的盒子,看来是个礼物。我将盖子打开,顿时惊呆了。

发卡、辫绳、校牌、手链、梳子、铅笔、笔记本、"忘不了"……所有我丢的东西,一样不差地摆在里面,像一个杂货箱。

我"丈二和尚摸不到头脑",往下翻,有一封信,淡粉色的信纸,字迹很清秀,看来是女孩子写的,我迫不及待地看着。

莫小爱:

原谅我一直以来骗了你,其实你并没有得什么"健忘症",那都是我瞎胡诌的。你的所有的东西都是我偷的,我只是想让你在高考之前分心,让你考不到理想的大学,你看看我,那个时候有多坏。

从我认识你的时候,我就开始嫉妒你。嫉妒你有一个美满幸福的家庭,而我的父母离了婚,是我靠我的努力学习芭蕾,才进入的这所重点高中。而你几乎不用费吹灰之力,父母替你铺好了一条光明的路,你只需要动动脚就能有一片辉煌的前程。

我们一起参加的比赛,可是你却获得了金奖,我们一起参加的运动会,可是你却拿到了奖状,我们同时爱上了阿七,可是他却选择了你。我不明白,我到底哪里不如你?

于是我想到了这个办法,我知道你不会去追查一些对你无关紧要的小零件的下落,但是你的脾气我很清楚,一旦丢了东西会变得非常烦躁。我开始恶毒地实行着每一步计划,在你去食堂打饭的时候,偷偷地将你床上的小东西拿走,我一直放在一个很隐蔽的地方,所以你们即便打扫房间也不会看到。

到最后我才发现,我偷了你的许多东西,却始终偷不来阿七的心,你们才是真正相爱的,而我,不过是一个眼红的过客罢了。

我成功地骗了你一次又一次,成功地偷了你的一个又一个东西,你始终没有怀疑我,还在我不小心忘带了准考证的时候,不顾一切地帮我去拿,我终于发现自己是多么的可耻,我在考试的时候良心一直受着谴责,我落榜了,这些都是报应啊!

看来得健忘症的人不是你,是我。我忘记了你对我的好,忘记了你曾帮我打的水,忘记了你经常在我生病的时候买的药,忘记了你一直都很关心我的学习。我的心蒙上了一层灰尘,嫉妒使我看不清远方的路,越走越黑暗。

我知道你不会原谅我,我自己也原谅不了我自己。我只有祝你和阿七幸福,祝你永远快快乐乐,不要再碰上我这种人了!

深深自责的:郝艺

顿时恍然大悟,我的心却没有那么轻松,泪还是打湿了信纸。我宁愿是自己真的得了健忘症,而不是郝艺所做的一切。

阿七打来了电话,铃声显得那么急促,我擦干眼泪,按了接听键。

"小爱,郝艺出事了!"

"什么?她怎么了?"

"她出了车祸,正在医院抢救,她打电话给我,说她想见你一面,但是不好意思给你打电话。"

"你在哪儿?"

"我在去医院的路上,正好路过你们家,咱们一起去看看她吧!"

我飞快地换好衣服,然后冲了出去。

到了医院,我看到了满脸是血的郝艺,她在回家的路上被一辆大货车撞倒,当场昏迷,肇事司机由于醉酒驾车已经被警方控制。

"小爱……是你吗?"她的眼睛被血粘住,睁不开,用微弱的声音问道。

"是,是我。"我的声音带着哭腔。

"我是不是快要死了?"

"别瞎说,你马上就会好的,真的。"

"这都是报应,报应啊……"她的眼睛里有颗晶莹的泪滴落下来。

"快别瞎说,你是个好女孩。"我的泪像断了线的珠子,落在她的手背。

"你……可以……原谅……我吗?"

"当然,我没有怪你的意思,我早就原谅你了!"我大声对着她说。

她攥着我的手突然松开了,嘴角露出了一丝微笑。

他的父母此刻哭得昏迷了过去,我抱着阿七啜泣,我多想这是一个梦啊!

经过一个多小时的抢救,她终于脱离了生命危险,可是又有一个不幸的消息——她成了植物人。

她真的什么都忘了,忘了也好。

姐妹

当我们同时站在试衣镜前，穿着同一款黑色长裙的时候，我才真正感到一股威胁的风飘然而至，我打了一个冷战。

小晴是我们宿舍中与我关系最好的女生，从第一眼见她，我就觉得我们好像上辈子的姐妹一样，熟悉得不能再熟悉，拥有相同的穿衣风格，成熟中带着些许可爱，拥有相同的脾气性格，开朗乐观、说话豪爽。我们在宿舍把电脑开到最大声，跟着音乐唱张惠妹的《姐妹》，一直吼到走廊里都回荡着我们不成调的歌声。我说，我们上辈子就注定了今生的相遇，这是前世修得的缘分，我们是最好的姐妹。她使劲推一下我的肩膀，大笑道，太矫情啦，你演韩剧啊。然后我们便笑成一团，互相用充气的零食袋砸对方的脑袋。

这个城市的秋天来得很早，我们却仍然穿着白色的蝙蝠衫，灰色的短裙，黑色的蝴蝶结高跟鞋，啪嗒啪嗒地踏在落满了金黄色树叶的林荫小路上，一边嚼着口香糖一边聊着各种时尚话题，风吹起她的直发又钻进我的卷发，我们潇洒地甩甩头，笑着不理会身旁路过的男生发出的感叹。我们这个不算组合的二人行，总是能引起校园中一阵又一阵的轰动，

文学院的两朵姐妹花，总是开放在校园中最美的时刻。

我们坐在床上，一边听歌一边看对方收到的情书，我们对那些男生幼稚的示好完全不在乎，一笑而过，狂放不羁，那时的我们，真是嚣张到了极点。她是有男朋友的，在一个遥远的温暖的地方上大学，每天晚上我都会看到她用被子蒙着头，手机屏幕亮着白光，像一个点了火的灯笼，她很小声地说着甜蜜的情话，煲电话粥一直到深夜，咯咯的笑声有时会把我从睡梦中拽醒，我撇撇嘴，将耳塞再塞紧一些，转个身，继续睡。

小晴约会的次数都赶上了她上课的次数，我问她，你既然不喜欢他们，为何不直接拒绝？她耸耸肩，反正我没钱吃晚饭了。她套上高筒靴，对着手机用很温柔的声音说，嗯，我马上就到了。

我望着她离开的背影，长叹一声，不过碍于姐妹的情分，我对她这种过分的行为总是以沉默回答。直到那天，我看到了他。

因为上午没课，大家都起得很晚，当冷风从窗户灌进我被窝的时候，我才发现，天真的冷了。我拉开窗帘，准备关上窗户，突然看到了站在窗边的他。

那是入秋以来的第一场雨，细细密密的雨丝从空中飘下，被风吹得歪歪斜斜，像没站稳的女子的腰，让人心生爱怜。他站在雨中，没打伞，双手插着兜，眼睛一直望着我们的窗户，而那时的我只穿了一件维尼熊的睡裙，我尖叫一声，把窗帘一拉，赶紧将身子缩了回来。

因为我们的宿舍在一楼，难免人来人往，只要不拉窗帘，宿舍里干什么外面看得一清二楚，我们也习惯了，但是我不习惯的是，竟然有一个男生，盯着我们的窗户那么久，我的脑海里立刻蹦出了一个词——偷窥狂。

我的心乱跳了一阵，随即平静了下来，好奇心驱使我又把窗帘打开一个小缝。他真的是一个很有气质的男生，与任何猥琐的词都不搭界，看来我是想错了。他穿了一件灰色呢子大衣，深色牛仔裤，皮鞋上溅得满是雨水，看来他站了很久了。他的眼睛流露出一股忧郁的神情，长长的刘海儿被雨水打湿,我仿佛看到了有水滴正顺着他的脸颊滑下,我竟然想伸手替他擦一擦。

小晴突然爬到了我的床上,大叫一声,喂,你看什么呢?然后把窗帘使劲一拉,就愣在那里了。

原来他是在等小晴,在等她的原谅,不知道什么原因,他好像惹得她不高兴了,小晴是个有些任性有些喜欢耍小孩子脾气的人,只要她睡一觉起床立马就会把什么都忘了,可是他不是,他还记得。于是从宿舍楼开门一直到现在,他都等在门口,等到老天爷都掉泪了。

我的心里突然酸酸的。我说,那你快点出去送伞吧,雨越下越大了。她竟然无所谓地转身拿起洗面奶去水房了,还一边说反正我又不喜欢他,他爱淋就淋吧。

我张大嘴想叫她,却欲言又止。不知道为什么,我突然套上一件外衣,抓起雨伞就跑了出去。等到出了宿舍楼,我打了一个大大的喷嚏,雨水滑进我蓝色的拖鞋,冰凉了我的脚趾。

我把伞递给他,你走吧,雨越下越大了。他看了我一眼,满脸惊讶。我重复了一遍,又加上一句,她现在有点忙,你还是先走吧。他好半天才吐出几个字来,我叫……我叫林云。我嗯了一声,随即递给他一包纸巾,微笑着离开了。

从那之后,我再也不想理小晴了,当我们同时爱上了一款黑色长裙的时候,我执意要买下,她知道我是最讨厌撞衫的人了,我看见她满脸舍不得地将裙子换下,轻轻地放在一边,带着惋惜与留恋。说实话,她穿上比我漂亮。

尽管如此,我还是要和她争,我不能再容忍和她共同分享我深深喜爱的东西,包括林云。对他,以一种随便轻浮的态度,是我无论如何都无法接受的。

我背着她要到了他的各种联系方式,我们聊得很投机,却从来不涉

及一个话题，那就是小晴。

我在下铺，她在上铺，我们之间隔着一个床板，却好像隔了很远的距离。我们再也不一起看恐怖片到深夜，再也不一起大声吼着《姐妹》，再也不结伴去食堂排队打饭，我总是以各种理由推脱，她也渐渐地发现了我的异样，在校园里相遇时，只是愣一下，想叫我的名字却从来没有说出口。

天气一天比一天冷，夜晚的风很凉，我缩缩衣袖，林云在我旁边，悄悄地将大衣脱下来披到我的身上，我扭头看他的时候，同时也看到了几米外的小晴。

本以为我脸上的笑容会瞬间僵硬，没想到，我竟然还踮起脚尖，轻轻地在他的脸上吻了一下。然后，再去看小晴时，她已经不在那里了。

有一点激动又有些失落，矛盾的心情左右了我，我承认我是故意做给她看的，我是真心追求我爱的人，而她，只不过是在玩弄他们的感情罢了。可是，当看到小晴独自一人默默离开的背影后，我又觉得有些对不起她，因为一个男生，一个才见过几次面的男生，就这么轻易地放弃了曾经的好姐妹。我又默不作声了。

很晚我才回到宿舍，她早已背过身睡着了。我看着她蓬乱的头发，微露的光洁的肩膀，脆弱得仿佛不堪一击的瓷娃娃。我突然记起，她曾说过，在这个学校，我没有真正的朋友，除了你，让我感觉到了一丝温暖，别人都说，我是一个太张狂的女生，只有你，能够包容我接纳我的一切缺点。那时我的眼泪就快要掉下来了，现在，恍惚已经过了很久很久。

我们之间真正爆发的一场争吵是在周一的早晨，每周这个时候都是最忙、最累、最不愿意起床的，偏偏轮到了小晴做值日，她蛮横地将还在熟睡的我叫醒，使劲晃着我的胳膊，我大叫道，你轻点儿，弄疼我了，然后慢悠悠地坐起来。

我听到她小声嘟囔了一句，谁叫你昨晚约会到那么晚呢。我白了她一眼，说道，怎么了，不行吗？她突然狠狠地盯住我的眼睛，一字一顿地说道:不——要——再——和——他——来——往——了。我反问她,你这是嫉妒吗?我看到她咬了一下嘴唇,什么也没说,将手上的水杯使劲往桌子上一放,咣的一声,水洒了一片。

就这样,我们从一对好姐妹变为了真正的敌人。

日子不紧不慢地走着,有时候我会觉得大学的时光过得很快,可是却说不上来究竟是什么在催促着我们向前赶,青春的列车越驶越远,我看到无数人上上下下,而最后陪我到终点的,又能有几个呢?曾经以为一辈子的姐妹毫不留情地离开了我的世界,一拨又一拨的人,来了又走,走了又来。

我天真地以为林云会是那个一直陪我到最后的人,现实总是残酷地将之前所有幻想全部打破,当我看到他牵着另一个女生的手,并肩坐在我们也坐过的小白亭中聊天的时候,我终于明白小晴的话了。

回到宿舍,小晴很专心地在看一本杂志,我不敢叫她,是我的自私伤害了她,我没有勇气再和她说话。我一边擦泪一边拿出轮滑鞋,运动能够让我忘记一切烦恼,我到了平时练习的场地,开始疯狂地滑。我的技术并不熟练,但是一想起林云,我所有的力量瞬间爆发,我绕着楼滑了一圈又一圈,无人的道路,漆黑的没有灯光的夜,让孤独的我更加无助。

没有留神路上的减速带,我一个踉跄越了过去,落地的一瞬间没有掌握好平衡,我狠狠地摔倒了,我努力想爬起来,却发现右手早已麻木,一动就撕心裂肺地疼,我终于忍不住了,泪水喷涌而出。

小晴就是在那个时候向我走来的,她俯下身,用她那纤柔的双臂把我抱了起来,她哭了,她说她很心疼我,在看到我抽着鼻子回宿舍的时候就知道发生了什么,那天林云站在宿舍门口等她,是因为她曾问他,如果他去追我,会不会很认真呢?林云只是笑,她便知道,他不是一个好男生,不值得我用真心对他。她很生气,便不想再与他有任何瓜葛,而我,却傻傻地自以为是,义无反顾地扑向了他设计好的圈套。

我们还是好姐妹,对吗? 我趴在她的肩膀,泪水打湿了她的衣衫。她点点头,在我耳边轻轻唱到,你是我的姐妹,你是我的 baby……

红玫瑰

我第一次见她的时候,宿舍里就我们两个,她安静地坐在靠窗户的那个上铺,捧着一本书,认真地看着。我把我半人高的巨型行李箱往地上一丢,坐在全是灰的床上大口喘着气。她将头探下来,黑色的披肩直发如瀑布一般倾泻,她冲我莞尔一笑,说了声:"你好。"

我是一个人坐火车来的,到了这座人生地不熟的城市,未免有些陌生与尴尬,我上铺的她叫安安,和我一样,孤身一人前往这个从来没有到过的地方,然后一个人收拾好床铺,静下心来读一本喜欢的书。

我站起来细细打量着她,那时候夏天还未褪去它的颜色,火热的太阳依旧将明媚的光射在我们的地板上,她穿着白色的半袖衫,天蓝色的格子裙,一双可爱的印着蜡笔小新图案的袜子搭在床沿,雪白细腻的双脚并在一起,乖巧而可爱。

安安高考失利,所以到了这个她并不喜欢的大学,但是她仍然充满了信心，她在墙上贴了一张大学计划书，我踮着脚勉强可以看个大概，无非就是要读多少本好书，上好每一堂课，为考研做准备云云。"真是个乖孩子。"我一边小声嘟囔一边将所有家当都从行李箱中掏出来，一点一点整理好，耳机里的歌曲循环了一圈又一圈。

安安是我认识的第一个女孩，也是关系最好的女孩，我们在以后的日子里总是并肩走在林荫路上，提前去教室占座，一起去食堂排队打饭，点一样的食物，喝一样的饮料，去夜市的地摊上淘便宜而漂亮的衣服，在操场上喂流浪猫和流浪狗，看天空的星星眨着眼诉说着青春的美好。

安安是一个文静的女生，刚从高三厚重的书本中逃离，尚未融入这纷繁绚烂的社会，对一切活动有些淡漠，可是在听完班长用她那伶牙俐齿讲的滔滔不绝的一番话后，她犹豫不决地问我："要不要我也报一个节目？"那是我们文学院不久将要组织的迎新晚会，班长正在拉节目，我自然是鼓励她的，我拍着她的肩膀说："大胆去吧，我坐在台下为你加油。"她的眼睛看了看天花板，嘴角露出了一丝浅浅的笑，然后盯着我的眼睛，猛地点了点头。

她在那张白纸上写下了第一行字，她的名字后面是一首英文歌曲，那首歌我是听过的，很劲爆热辣的风格，我看着她穿着 hello kitty 睡裙的样子，趿拉着一双粉红色蝴蝶结拖鞋，细细弱弱的小胳膊端着一杯咖啡，突然"扑哧"一声笑了。

"我说你这斯文的小姑娘啊，你怎么选布莱尼小甜甜的歌呢？你这样能 hold 住全场吗？"我实在不忍心打击她，可是我就是这样的人，想什么就说什么，口无遮拦。安安冲我做了一个鬼脸，调皮地说："在 KTV 聚会的时候我总是唱这首歌呢，他们都说我的嗓音很适合。"我耸耸肩，给了她一个加油的手势。

那之后，我的耳朵就没有安生过了，安安独特的歌声总是会穿透床板直戳向我的耳膜，说真的，如果是《中国好声音》的现场，不看人只听

声音,你一定猜不出安安竟然是那么文静的女生,就好像后面站着一位美国辣妹,让人转身就会为她的风情万种所倾倒。

习惯了每天晚上睡前听安安的一阵狼嚎后,终于迎来了晚会的第一次彩排,安安硬是拉着我让我去为她鼓劲,"这可是我第一次登台演出,我会紧张的。"她一边说一边摇着我的胳膊,在我的胳膊快要被她摇断了之前,我答应了她的要求。

我们坐在靠走廊的位置上,偌大的阶梯教室仅仅坐满了前几排的座位,看来只有有节目的人才过来了,我到这里完全是打酱油的,我掏出手机开始玩愤怒的小鸟。安安一直在对我说:"快开始了,快开始了,你别玩了,认真点。"她抓我胳膊的手心里全是汗,我索性停下来,开始安慰她,让她放轻松些。

彩排正式开始,四位主持人登台,也就是在那一刻,她的手松开了,她目不转睛地看着一个人,那个男主持,穿着一身银灰色西装,系着黑色的领带,戴一副黑框眼镜,头发很帅气地翘着,声情并茂地背着台词。

我用手在她的眼前晃了晃,坏坏地说道:"小样儿,你是不是看上他了?他是一班的,叫陈宵。"安安转头看向我,赶紧说:"哪有啊,别瞎说。"即使光线有些昏暗,可我依然能感受到她的脸很烫很红。我听见她轻轻地念了念他的名字,然后又若无其事地挂着下巴看表演了。

当听到下个节目是陈宵的歌时,我看到安安的身体颤了一下,她用手拨了拨眼前的刘海儿,聚精会神地看着聚光灯下的他。缓慢的带着忧伤的旋律响起,陈奕迅的《红玫瑰》让他唱得那么动听那么迷人,富有磁性的声音令安安如痴如醉,还有那双闭着的眼睛,仿佛可以看透世界上所有的哀伤,也就是在那一瞬间,他的声音击中了安安的心。

也许是还沉浸在他的歌声中不能自拔,安安上场的时候有些心不在焉,她的左手攥着格子裙摆,站在舞台的中央,前奏响起,富有节奏的跳动,握着麦的右手有些轻微地抖,可是她的声音没有变,闭上眼睛听绝对是完美的 CD。安安一个人唱着，像在 KTV 时黑暗中无人看到的样子，一动不动。

于是，文艺部长在听完她的歌后，给她提了些建议："要放得开，加上些动作，这首歌是能够掀起现场高潮的，你还可以做得更棒。""可是……可是我不会跳舞，我只会唱歌。"安安面露难色，小声地说道。"只需要简单的一点动作就可以，剩下的就是现场发挥了，你既然选择了这首歌，就要按照这首歌的风格来，否则的话……"安安为难地点了点头，她不想听到下面的半句话，她悄然地从舞台上走了下来。

"你今天很棒的！"我给她鼓励道，"我知道你的性格有些内向，没关系的，你再多多训练啊，一定行的。"我啰啰唆唆地说了好多安慰她的话，可是她的脸上什么表情也没有，她最后失望地对我说："要不然算了吧，我不……"她的话还没说完，我看到她的眼睛突然瞪得老大，我顺着她的目光转过头，陈宵不知道什么时候站在了我们旁边。

"安安，你刚才唱得很好听，就是差那么一点点爆发力，还有现场的感染力，以后我可以做你的导师，只要你跟着我训练，保证劲爆全场。""你怎么会认识我？"安安疑惑地问他。"你可是咱们院的小才女啊，我怎么会不认识呢。"陈宵笑道。她的脸又红了，不好意思地说道："不是啦，我其实很笨的。""别谦虚了，说真的，我以前在酒吧唱过歌，教你还是没问题的。"安安想了一会儿，点了点头。

那天晚上排练到很晚，我连着打了好几个哈欠，终于结束了，我是一个人回宿舍的，因为安安正和陈宵在空荡荡的大教室训练呢。很晚的时候，我在睡梦中被人晃醒，安安趁着还没熄灯，坐在我的床边兴奋地说着刚才的练习，说陈宵唱歌多么多么厉害，跳舞多么多么帅气，教他的时候多么多么耐心，笑起来是多么多么的迷人，她第一次觉得原来在舞台上是可以变成另一个人的，与现实中完全不一样的她，一个奔放洒脱自然充满活力与不在乎的另一个自己。我努力抬起已经瘫痪的眼皮，含混不

清地说着"嗯、啊、喔、哦"等一系列语气词,然后一扭头就又呼呼大睡了。

第二天没有课,我醒来的时候发现了一张放在我枕头边的纸条,安安和陈宵去排练了,连早饭都不和我一起吃了,有了帅哥就抛弃了闺蜜,我无奈地撇撇嘴。

打扫屋子的时候,我无意中翻看到了安安的日记本,她一定是昨晚写完后忘记放回床上了,于是我就好奇地瞅了几眼。

"一直以来,我都是一个喜欢安静的女生,不善与人交往,喜欢沉浸在自己用美好的童话故事编织的世界中,我也一直不相信,会有谁能够轻易地走进来,可是你,竟然毫不费力地打开了我的心扉。从看到你在聚光灯下那么投入地唱歌,到你关心地走过来帮助我,我的心里始终有一种无法言说的感受,一种很奇妙的感觉,你瞬间就把我读懂,用歌声征服了我。你说,要让我放得开,我尝试不去在乎别人的眼光,让自己的身体随着音乐摇摆,让自己的灵魂跟着旋律飘荡,我感到了从未有过的快乐,一种自由的快乐。我想,这才是真正的我。"

我合上日记本,长长地舒了一口气:"这孩子,怕是爱上他了吧。"可是校园里除了她谁不知道,陈宵是有名的花花公子,和他谈过恋爱的女生数不清,手机里全是他女友的照片,都可以办个选美大赛了。安安,那么单纯天真的女孩,除了读书就是写稿,没有一点恋爱经验,以为这世界上所有人都是她童话中的主人公——从此,他们幸福地生活在了一起。

安安回宿舍的时候,提着大包小包的东西,她飞快地跑到窗户前,对着外面摆了摆手,我们住在一楼,陈宵正站在我们窗户前面,微笑地看着她,然后离开了。

"你去哪儿了? 不是排练吗? 怎么还去购物了? "我刚说完,突然发现安安变了,好像换了一个人一样。她的黑色直发烫成了咖啡色梨花,穿了一件崭新的白色蝙蝠衫,黑色牛仔裤,还有一双高跟靴,成熟了许多,再也找不到当时的那种清新可爱了。"怎么样? 好看吧? 陈宵说就

青春
在疼痛中成长

让我穿这身去唱歌，一定惊艳全场。"安安在宿舍本来就不大的地方走了好几圈，练习着如何穿高跟鞋演出，毕竟这不是她的强项。

以后的日子里，安安很少与我一起在校园里穿行了，她的身边总是有陈宵的身影，一起吃两人份的米线，喝"吸吸吧"的奶茶，并肩坐在毓秀园的小长椅上聊天，她开始不再与我一起占座上课，而是经常逃掉公共课和陈宵一起排练，听陈宵讲他的故事，讲他家乡的天很蓝很蓝。

正式演出那天，陈宵和安安都化了很美的妆，我坐在靠前的位置，看着安安穿着高跟鞋熟练地走着舞台步，眼神和表情拿捏得恰到好处，安安狂野奔放夹杂一些甜美部分的歌声，惊起台下一阵又一阵掌声和欢呼。

安安下场后坐回了我的旁边，我真心地说："刚才真的很棒，与你第一次上台排练完全不一样了。"她有些羞涩地笑笑，我看到她的眼神望向了陈宵。

聚光灯下的他，微闭着双眼，深情款款地唱着那首《红玫瑰》："玫瑰的红，容易受伤的梦，握在手中却流失于指缝，又落空。"我看到安安小心翼翼地从包里拿出了一朵包装精美的玫瑰，火红的颜色，娇嫩的花瓣极力绽放着它们的美丽，像安安一样，开得那么艳，渲染着华丽的色彩。她的手紧紧地攥着带刺的茎，想要献上去却没有勇气跨出那一步，直到他把最后的一句也唱完："玫瑰的红，烧空绽放的梦，握在手中却流失于指缝，再落空。"安安才又把那束玫瑰放回了包里，很轻很轻。

后来的节目是一个很感人的朗诵，我看到安安很认真地听着，然后眼泪开始大滴大滴地往下掉，最后她忍不住捂了嘴，尽量让自己不发出声音。我悄悄把纸巾递给她，说了声："妆都花了。"

她放在桌子上的手机突然震了起来，她示意我帮她看一眼。当我打开短信把屏幕放在她的眼前时，她的泪决堤了一样涌了出来。

是陈宵的短信，上面写着——丫头，别哭了，这样不漂亮。

丫头，在我们那里是很亲切很亲切的称呼。我看到，安安的泪脸露

出了幸福的笑。

那天晚上结束后，我们出去吃了顿庆功宴，大家都很开心地喝了些酒，我看到安安的脸上有了微醺的醉意，不知道是酒精的缘故，还是被爱情撞晕了头。

早已过了宿舍楼锁门的时间，有人提议通宵去唱歌，一帮人浩浩荡荡地去了KTV，安安是第一次通宵，她明显有些倦意，不过音乐响起，她就立马被唤醒，她和陈宵对唱情歌，每次都能拿很高的分数，我们在旁边打趣道："他俩真是天生一对啊！"

安安撑不住了，头一歪就睡着了，我看到陈宵将抱枕轻轻地放在了她的脑袋下，一切都是那么不动声色。他点了一首歌送给安安，只是安安那时已经睡熟了，那首歌叫做《在KTV说爱你》，他后来告诉我们，那是他发挥最好的一首歌，只是不忍心叫醒她。

第二天早晨，我们带着兴奋与困意回到了宿舍，安安将那束玫瑰插在了杯子里面，放在窗台，它依旧是那么红，明艳的光胜过一切，仿佛永远不会凋谢。她希望有一天，他走到她的窗前，可以望一眼这束红玫瑰，她也可以每天都看到这束玫瑰，想起他唱歌时迷人的样子。

可是美丽的东西总是短暂的，玫瑰终有凋谢的那一天，鲜艳的红色也终有完全褪去的那一天。安安不再每天开心地笑了，因为他看见陈宵的周围有太多的红玫瑰——像玫瑰一样美丽的女生，他和她们在一起的时候，也会说那些很动听的话，唱那些很陶醉的爵士。每当这时，安安都会悄悄地走开，呆呆地望着窗前的那束红玫瑰，看它的花瓣一瓣一瓣地落下，想要挽回而又无能为力。

我实在不忍心了，我劝她："不要再想他了，他不值得你这样做。"安安抱着我哭了，她啜泣道："我第一次对一个人这么动心，从一开始到现在，我以为他也是认真的，没想到我错了，他说我很烦，也许他是一个自由的人，他不希望我牵绊了他的脚步，都怪我，都是我的错……"我摸着她的头，洗发水的香气扑面而来，"玫瑰味的，连洗发水都换了，这孩子也真够痴情的。"我心里想着，却什么也没有说。

那天晚上，红玫瑰落下了最后一个花瓣，准确地说，是被安安拽掉的，她含着泪，像撕扯自己的内心一样纠结，仿佛拽下来后，就与过去再无瓜葛了。

安安，还记得我当初见你的模样，黑色的直发如瀑布般倾泻，甜美清新的蓝色格子裙，白色衬衣就如你的心灵般纯洁美好，而红玫瑰，美丽而妖艳，也终究抵不过岁月的侵蚀，那绽放的美丽不会长久，当一切都倒回原来的模样，我希望那才是最本真的你。

我在她睡熟后的耳畔轻轻说道。然后，她的嘴唇微微动了一下。

玫瑰的红，容易受伤的梦，握在手中却流失于指缝，又落空。青春，也是那么容易受伤，像一场梦，安安痛醒了。

愿时光，定格成永恒

收到你的纸条时，数学老师正在黑板上讲解一道很难的题，我看到你的名字，心里一颤，上面是很清秀的熟悉的字迹：下课后，我在教室外

等你。那之后的课，便什么也没有听进，风扇呼呼地转着，手心里却攥出了汗。

我瞥着墙上的挂钟，铃声准时响起，本来高三提前一个半月开学就已经很让人不满了，所以暑假补课的老师多半不会拖堂。我站起身，不自主地拽了拽裙角，补课不用穿校服的我换上了一身干净整洁的雪纺纱连衣裙，有青色的碎花映衬其中，俏皮又可爱。我好奇地往外走，一出门，就被人拉住了胳膊。

跟我来。你边说边飞奔起来，拉着我穿过人挤人的狭窄走廊，噔噔噔地连上好几楼的台阶，带我来到了学校最高处的天台。

你像变魔术一样从身后拿出一大束百合花，白色的镂空包装纸妥帖又完美，和你身上穿的黑色半袖衬衣搭在一起，令人有置身于童话故事中的微醺。你绅士地把右手背在身后，左手递给我花，身子微微弯下，说了句：嫁给我吧。我愣在原地，双手紧紧握在一起，脸上是吃惊的表情，继而便成微笑。

从高一刚见你开始，我的心里就像是种进去了一颗种子，任它在贫瘠的心上慢慢成长，生根发芽，开花却始终没有结果。还记得那一天，我利用广播站的关系，偷偷为你点了一首《最亲爱的你》，那时的你坐在我的旁边，刚刚被你追了很久的女生拒绝，一天都是沉默不语，你随意地在纸上画着漫画，听到了喇叭里传来你的名字，还有匿名的祝福，愣了一下，然后我看到你嘴角，微微上扬了一个弧度。梦和现实的差距，有的时候，让你感到灰心，世界无情，只要记得我在这里陪你……

天台周围的人越聚越多，我的闺蜜果子站在我耳边，悄悄说：我们在玩寂寞家族的游戏，班里只有你没有伴侣了，快接受吧！我颤抖着双手接过了那束百合，香气扑入鼻尖，幸福来得太过突然。

以后的每一天，我都沉浸在美好的梦中，希望永远不要醒来。

寂寞家族在毕业后的暑假聚会，一行人浩浩荡荡地去海世界游泳，你就站在我的旁边,因为游戏里的我们是一家人。

你突然对我说,我带你去个好玩的地方。你又像去年那样拉起我的胳膊,不顾一切地往前走。感受水由浅入深,我的身子慢慢浸入其中,直到没过胸口,没过脖子,脚踩不到底,才感觉到了死亡的步步逼迫,喘不上气。我死死地抓着扶手,你在一边安慰着,马上就到了。突然想起电影《搜索》里的一句话:如果你想爱上一个人,就和他去玩蹦极。而此刻,我只想说,如果你想让一个人爱上他,就带她去深水区。

那天我们坐了情侣滑梯,并排泡温水,像真正的情侣一样,心里的花应该快要结果了吧。我心想着,依旧安安静静地陪在你的身边。

直到那天果子发来消息,我在电脑屏幕前看着他俩的聊天记录:我带她去深水区完全是因为寂寞家族啊,我们在游戏中是一家人,不是真的。上次我带了好几个人去呢,都是一个一个单独去的,你要是想去,我也带你去,哈哈。

泪就那么无声无息地流了下来,直到打湿了键盘上的每一个字符,我才在泪眼模糊中明白了书中的那句话:你恋爱了,只是你爱的人有时并不真的存在。他可能只是一堵无辜的白墙,被你狂热地把你心里最向往的爱情电影,全部在他身上投影一遍。

我喜欢了你整整三年,可是只能在游戏中才拥有被爱的感觉。有时多么想,让时光倒流回一年前的今天,你穿着黑色半袖衬衣,微微弯着腰,向我伸出握着百合花的左手。我微笑着,愿时光定格成永恒,让头顶上的天空,永远都是那么湛蓝、湛蓝。

迷失的葵花，你在哪儿

　　你站在湛蓝湛蓝的天空下，白云还保持着飘去的潇洒姿态。你的身后是大片大片的向日葵，翠绿色的叶子层层叠叠，挡住了细长的茎，每一个花盘都努力向上拔着自己，拼命仰着头，望向你的前方。你被太阳绚丽耀眼的光芒刺得眯着眼，却还那么快乐得如那一个个伸长脖子的葵花，咧着嘴露出洁白的牙齿，带些傻气地笑着。你的照相姿势一成不变，从幼儿园的集体照到穿着乳白色长裙束着长长马尾的现在，那个"耶"的手势，永远在右耳边斜斜地伸展着，你总是在别人说你又犯二了后嘟着小嘴反驳道，这是代表胜利，胜利的开心的手势。然后一脸得意地甩甩辫子离开。

　　你看着这张照片，以及上面的四个大字——寻人启事，皱了皱眉。一行不算太工整的略带潦草的行楷，夹着仓促慌张的味道扑面而来：迷失的葵花，你在哪儿？

　　曾经的你还是那么充满豪情壮志，你坐在篮球场旁边的台阶上，你大声说着，以后我要和他——你指一指那个穿着白色球衣的男生，在黑暗的夜色下轻盈地运着球的男生，白色的背影在空中闪过一段优美的弧线——我要和他一起去那个长满樱花的世界，我要和他，一起并肩走在洋洋洒洒的花瓣飘落的季节，一起迎接温暖的阳光早早地到来，一起大声说着笑在葱茏茂密的树林中穿行，帮他擦不小心挂了彩的额头，弯着腰大笑说为什么不去买彩票，你的中奖率这么高。

你的脸上还挂着憧憬与喜悦，你大声说着，沉浸在自己的梦想中。你突然拉起闺蜜的手，在铃声响起的前一秒冲回教室，混在那些带着汗珠与意犹未尽的人流中间，闻着那些青春洋溢的气味，浓烈得你的眼眶湿了。你轻轻一抹，看到了桌子上写的话，拼了 W 大。然后埋下头，将自己隐藏在那摞起来高高的书本后面，看不见脸。

你的心里充满着兴奋，你的脑海中是对未来的渴望，你的世界仿佛只有梦想，也只有梦想的力量能让你坚持坚持再坚持。偶尔有非常累的时候，你安安静静地趴在桌子上，耳机里放着许嵩的歌，仅仅听了没有两句就开始落泪，轻轻地哼着，哼着哼着便开始哽咽。再也找不到当时的感觉了，你的耳机里仍然响着那首歌，只是你的心早已变得麻木，早已不再轻易感动。

你突然想起有那么多个清晨，你骑上单车穿行在核桃树叶密密匝匝编织成的黑色网中，迎着金黄色的朝阳细碎的光，像动画片尾英雄胜利时散发出的金色光芒。你又充满了斗志。你猛地刹车，冲阿姨笑了笑，她快速地递给你一个刚刚摊好的煎饼，你把钱放到车子里那个油腻腻的桶里，不顾旁边排队的人疑惑的眼神。你看看手表，一分不差。那么多人关心你呵护你，你怎么输得起。可是现在，你却开始觉得自己对不起那些提前预订好的煎饼，你觉得它们不配进入你的肚子，应该进入状元的肚子里。你进入空荡荡的教学楼，推开门，打开灯，听着墙上钟表的滴答声，一边啃着一边看着课本，默念着那些单词与词组。

你突然想起有那么多个黄昏，你一个人偷偷跑到外面的走廊，掩住

门，一遍又一遍背着那些枯燥的文字，一直到抬起头能看到星星在闪烁，头上昏暗的灯晃着橙色柔和的光，你听见麻雀仿佛也成了哲人，与你一起讨论那些深奥的大道理。

你的夹子里，最上面，有那些皱褶的打印纸，黑黑的字迹密密麻麻，那些看了不止五遍背了不知多少字句的励志文章，一次次被泪水浸湿地氤氲成一团团黑色的墨迹的文章，曾是激励你一步步前进的动力，你把它们放在最明显的地方，你把那些好句子用粉红色荧光笔勾出来，你每天用这种醒目的明亮的色彩刺激自己，刺激自己的大脑刺激自己的心房，刺激自己逼迫自己挨过最难熬的时光。每当这时，你的心中总是充满着一股热忱的暖流，从头到脚，温暖了你度过一个个严寒的冬天。

可是你现在，握着它们残缺不全的尸体，那些白花花的碎片，浸染了当年热泪的碎片，看它们顺着风的轨迹轻轻飘荡，毫无规律地杂乱地飘着，像你已经四分五裂的心脏。你在想，它们会恨我吗？恨我让它们找不到家，恨我让它们同我一样迷失在这个夏末。

你越来越喜欢把自己封闭在密不透风的屋子里，平躺在床上望着天花板，细细数着那些纹路，会不会也如缓缓流过双颊的液体有着相同的轨迹。你用音乐麻醉自己的耳朵，大声的震颤可以让你暂时忘掉门外传来的电话声，你拒绝那些好意的询问，那些关心就如同一把把刀子深深戳进你本来就血肉模糊的身体里。你拒绝一切有关于成绩、录取、高考、大学有关的话题，从那个晚上开始，就注定了这是一场永远也醒不了的噩梦。

你关上门，在黑暗中，你将那些小纸条撕得粉碎，你将地上摞的一人高的书籍全部推倒，你将墙上贴的标语全都扯下来，你像"文革"的时候一样敏感而警觉，揣着惴惴不安的心，仓皇地逃离那个叫做梦想的国度。

手机的光一闪一闪，他说，我们都败了。你的泪至此才流了下来。

有没有人听到过梦想破碎的声音？你听到了，巨大的轰鸣声，在耳畔久久不肯散去，缠绕着与忧伤交织在一起。

你看不得窗外一点点上升的萤火，你再也不信孔明灯，再也不信许愿池，再也不信占卜与星座。可是你的床头，仍然安安稳稳躺着那本《圣经》。

你再也懒得去打理自己的头发，你不再梳高高的马尾，你把头发散下来，长长地漫过肩，像海藻般柔顺地贴着肌肤，给自己最后的安慰。大家都说没问题的，大家都说可以的，怎么回事？究竟是怎么了？你捶着自己的脑袋挠着自己早已蓬乱的长发，试图问个明白。

你抓起一本杂志砸向墙壁，上面有一篇你最爱看的文章，你曾说以后我就这样写，写的得让学弟学妹们看了都备受鼓舞与振奋，都充满热情，忘掉痛苦，一心向着高考，一心向着梦想。你食言了。你也不想这样。你颓然地顺着墙壁滑到了地上。你曾说，要是你没有缘分与樱花共度，就去西藏一步一叩地做个虔诚的朝拜者。可是你的身体日益消瘦，因为不吃不喝不见阳光，垂死的枯败的葵花如何经得起缺氧和高寒。

路有很多条，不必偏偏撞向死胡同。不要在消沉时，放纵自己的萎靡。在谷底的时候，只要你抬脚走，就会走向高处，可如果你躺下不动了，这就是坟墓。你念着句子，念着念着就会很烦躁，烦躁到推开窗都有跳下去的勇气。

可是你还记得曾经的你吗？那个一心向着阳光追梦的葵花，那个大声在喇叭里喊着梦想喊着希望的永远不知道悲伤的葵花，那个拼了命也要仰起头不顾一切感受阳光温度的葵花。你在哪儿呢？

曾经的你小心翼翼地望着远处失意的好友，那个被考试挫败的好友，正在好奇地打开你递的纸条，你看到她脸上露出了一丝微笑，她肯定看到了你写的那些温暖的充满力量的话语，还有你画的那个并不漂亮的大大的笑脸。

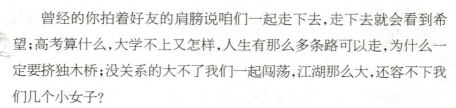

　　曾经的你拍着好友的肩膀说咱们一起走下去，走下去就会看到希望；高考算什么，大学不上又怎样，人生有那么多条路可以走，为什么一定要挤独木桥；没关系的大不了我们一起闯荡，江湖那么大，还容不下我们几个小女子？

　　曾经的你奔跑在操场上，汗水与泪水交织地洒落在塑胶跑道上，你们的大脑需要氧气，你看着旁边的同学，你冲她微笑，你说跟上来，快点！咱们一起为梦想积聚能量。

　　曾经的你认认真真、仔仔细细地打扫教室的每一个角落，你希望大家能够在一个干净的环境下学习，你悄悄地将教室后面的暖壶打满水，你希望大家能够在渴的第一时间喂饱那个疲惫不堪的干瘪的身躯。

　　你知不知道有人在找你，有人疯狂地在找曾经的你，贴满了寻人启事，一张接着一张，那些明黄色的向日葵还有阳光的金色，绚烂了整个夏季，却始终没有绚烂你的眼。

　　夏末的雨，滴答滴答。我怀里揣着最后一张寻人启事，贴到了镜子上，盖住了那张憔悴的惨白的脸，却盖不住不断掉落的两行泪水。

　　照片上的我，被太阳绚丽耀眼的光芒刺得眯着眼，却还那么快乐的如那一个个伸长脖子的葵花，咧着嘴露出洁白的牙齿，带些傻气地笑着。

　　迷失的葵花，你在哪儿？

　　答应我，当明天清晨的第一缕阳光钻到你的脚心时，你就回来。

　　好不好？

第二辑

丝瓜里的娃娃

不痛

  当我穿着轮滑鞋狠狠地摔倒在地的那一刻，我的心里是有一点后悔，这么富有挑战性与危险性的运动项目，我竟然毫不犹豫地选择了，并且还狂热地喜欢着。因为每当我看到那些青年穿着单排轮滑鞋在大街上滑得如一阵风吹过，在空地上做出一个又一个高难度的花样动作时，我本来平静的心就会掀起一圈又一圈羡慕的波澜。那颗梦想的种子就萌发了，希望有一天我也能够滑行自如，穿行在两旁是梧桐树的林荫路上，看着自己的影子和透过树叶的细碎阳光交汇的瞬间，如梦幻中的童话般美好，连空气中也充斥着青春洋溢的气味。于是在社团纳新的时候，我径直走到轮滑社的位置，在那张报名单上潇洒地签上了我的大名。

  第一次穿轮滑鞋就费了我十分钟时间，穿上之后，整只脚都不像是自己的了，紧紧包着的疼痛让我想起了古时的女人裹小脚，在现代社会我竟然也要受如此折磨，不过为了我心中的梦想，这点痛我忍了。我扶着好友的胳膊，费了好大的劲才晃晃悠悠地站了起来，根本不敢往前迈步子，仿佛轻轻一动，我的身体就会跟着一起飞出去。终于，在克服了胆怯的心理困难后,我开始慢慢地向前滑了,从一步一步地走,再到一点一点地滑,我最终找到了感觉,想象自己是一只轻盈的燕子,怀着一个奔向远方的梦。

轮滑社的活动是在晚上举行,在北院的主干道上,音响放着我最爱听的那首 *"Tick Tock"*,路灯将我的身影拉得更加颀长,晚风吹过我的披肩发,我一边哼着歌一边伴着律动的节奏,不由自主地加快了步伐,转弯的时候忘了减速,身子一晃就狠狠地摔倒了。

起来的时候,我的右手已经完全麻木了,因为在情急的时候挂了一下地,手腕受伤了,一动就钻心地疼,没过多久,就起了一个大包,本来纤细的手变成了和猪脚一样。敷药的时候,我强忍住疼痛,他们问我疼不疼的时候,我只是摇头,泪却止不住地往下掉。

身体上的痛不要紧,总有一天它会愈合,而我不希望我的心上从此留下伤疤,养了两天之后,我又坚持去滑了,我不想看到心中的梦想还没有开花结果就提前夭折了。

现在的我,在笔记本电脑上啪啪地打着字,如果手腕用劲再大一点,还是会有些微的疼痛,我的旧伤还没完全养好,新伤就紧紧地跟了过来,轮滑鞋将我的脚腕磨得起了一圈泡,膝盖上也全部是青一块紫一块的。不过要是还有人问我痛不痛的话,我一定会微笑着回答他,不痛。是的,我会很坚决地回答。

不痛,因为心里是欢喜的,不痛,因为始终热爱着坚持着。如果因为一点点困难就放弃自己心中的梦想,那无论干什么也成功不了。正是因为心中时时充满了对一项事业的热爱,永远充满了激情与动力,才会一直咬着牙坚持下去,不理会这条路上的未知与坎坷,即便受了伤也依然不落泪,坚强着一直走下去。

都说轮滑是摔出来的,这话一点没错。不摔倒怎么学得会刹车,不爬起来如何继续滑行?如果因为摔倒了受伤了从此心中落下阴影了,那

么是如何都学不好的。不仅是轮滑，所有运动项目都有或大或小的危险性。在2012年伦敦奥运会一百一十米栏预赛中摔倒而跟腱断裂的刘翔，仍然没有放弃心中的梦想，手术结束之后，他表示希望自己能够出现在2016年巴西里约热内卢的奥运会上。正是有了这份坚持不懈的热情，他才如此受人尊敬与崇拜，在体育界屹立不倒。

学会对人生道路上的一切伤说不痛，学会摔倒之后依然爬起来，学会失败了不要怕而依然拥有勇气有梦想有追求，梦想不在于大小，而是你能否坚持，否则就失去了梦想的意义与价值。人生的路上会充满各种未知，就像你永远不知道穿上轮滑鞋的自己会在什么时候突然滑倒，你也不会知道前方会有什么障碍物阻挡着你的步伐，你不能预知到未来的劫数，无数的不可知让你的人生路上更加迷茫，但是不要怕，因为梦想的力量是巨大的，它会支撑着你一直往前走，哪怕前方是黑暗你心中依旧充满了光明。

获得诺贝尔文学奖的莫言，当作家的初衷就是为了一天三顿吃饺子。生于1955年的莫言正好赶上了三年自然灾害，当时没有粮食，莫言吃不下野菜团子，奶奶"赏赐"给了他和姐姐每人一块发霉的红薯干，他觉得姐姐的那块大，就抢了过来，后来发现还是自己的大，这样一来二去，姐姐被他弄哭了。作为一个吃过苦的人，他在物质方面很容易得到满足。这样朴素而简单的愿望，一直支撑着他以后的日子，勤奋读书积劳成疾但依然笔耕不辍，他获得如此殊荣也不足为怪了。

曾在书上看到这样一句话，没有一颗心会因为追求梦想而受伤，当你真心想要某样东西的时候，整个宇宙都会联合起来帮你完成。我的梦想还没有完全实现，但我相信它就在不远处的某个角落，等我慢慢地发现它拥抱它，哪怕此刻的我早已摔得遍体鳞伤，我依然会微笑着摇摇头，告诉它，不痛。

保养美丽人生

没有哪一个女生不爱美，我也不例外，在一生中最宝贵的青春年华，我像一朵花一样迫不及待地想要绽放自己，和好友一起去理发店做了一个梨花烫，垂下来一个又一个弯曲的卷，层层叠叠挨在一起，真像名字所说的那样，像一朵又一朵可爱的梨花，在我的脖子边蓬勃生长着。

本以为烫完头发就没事了，后来才知道原来保养更为重要，把羊角梳换成了卷发专用梳子，洗发水和护发素全部都用烫染修复型，每天出门还要往发尾抹上弹力素，以保持卷发的柔韧性和持久性。原来保养美丽需要耐心、细心以及恒心，否则这份美好便是短暂的、稍纵即逝的。

都说世界上没有丑女人，只有懒女人。外在的美丽需要我们时刻保养，内在的美丽也是如此，即使拥有满腹诗书的才情，博古通今的阅历，也不能停止读书学习，知识就像那些保养品，只有坚持使用，才能时时焕发魅力，只有不断地吸取新的知识，才能让饥渴的大脑获得充足的水分，更好地滋养我们的心灵世界，让我们由内而外保持一份从容与美丽。期颐之年的杨绛，在回首自己的百年人生时说道："时间在跑，地球在转，即

使同样的地点也没有一天是完全相同的,现在的我也是这样,感觉每一天都是新的。"正是怀着这样一颗充满了乐观童真的心,奉行从零开始之道,她才能笔耕不辍、佳作连连,每天不停地读书写字,充实自己的人生,她的人生是完整而美丽的。

买车容易养车难,攻城容易守城难,成功后能否永远保持住当时奋斗的成果? 有太多太多一夜暴富又一夜倾家荡产的例子了,自己辛辛苦苦凭借体力或智力赚来的血汗钱被肆意地挥霍,豪宅、豪车、名牌、大餐……无数诱惑冲击着人们的意志,很少有人能够坚决抗拒。曾在《新周刊》上看过一个专题报道——中国腰围,走形的身体与委顿的精神。中国站起来了,中国富起来了,中国也胖起来了,和 1985 年相比,中国男人的平均腰围增加了十三厘米,女人的腰围变化也同样惊天动地。我对书中的这句话印象最为深刻:腰围不是腰的粗细这么简单,腰围更像是一种跟人的精神状态相关的刻度,刻着放纵或节制、懒惰或勤劳。在当今社会,取得一番成就后仍然低调做事默默无闻埋头苦干的人太缺乏了,倒是多了许多半瓶子醋乱晃荡,难免有一天瓶倒了醋洒了,还弄得一身酸臭气。

在中国首善陈光标眼里看来,一个人的生命只有一次,要在有限的生命里去做一些更有益于社会的事情,一个人如果能让更多的人幸福和快乐,这样才是有价值的人生,财富是什么? 财富对于他来说就是水,是身外之物,生不带来,死不带去。他对待财富的态度如此从容淡定,以平和的心态在这个浮躁的社会立足,他的成功之路也会越走越远,这样的人生才是最美丽的。

可见,美丽需要保养,成功需要保持,时间是公平的,笑到最后的才是最好的,总有一份美好不被时光的沙漏漏下,总有一份成功能够在狂风暴雨中屹立不倒。美丽的人生需要我们时刻保养,用虔诚与真挚擦拭,用汗水与泪水洗礼,留下一份美好,在明媚而灿烂的阳光下微笑。

保持生命应有的姿态

　　饭桌上,看到母亲又炒了一盘豆角,想起已经连着吃了三天,不禁疑惑地问道:怎么天天吃豆角啊? 母亲微笑地说,现在正是豆角下来的时候,新鲜又便宜,最重要的是切一盘子的量炒出来的还是一盘子,不会贬值,准能喂饱一家人。从小娇惯的我对做饭没有经验,又一头雾水地问道,难道还有切一盘子炒出来不是一盘子的? 母亲被我逗得直乐,当然有了,丝瓜啊葫芦啊,买回来个头挺大,切了一大盘子,可是当把它们放进油锅一炒,盛出来的时候往往比生的时候要少很多,因为丝瓜水分很大,一下锅水分就全流失变成汤了,一盘的量也就变成了半盘。

　　我陷入了深深的思索,看着盘子里翠绿坚挺而饱满的豆角,夹一个进口,脆脆的很有嚼头,一种扎实的感觉油然而生。无论经过多么高温滚烫的热油翻炒,仍然保持生命应有的姿态,不贬值不缩水,毅然决然地沐浴滚滚热油而没有一丝退缩与怨言,像一个个英勇壮烈的斗士,赶赴一场声势浩大的惨烈战争。

　　而丝瓜外表饱满又鲜翠欲滴,手捏上去有柔软的感觉,切成片放进锅里,一大锅登时有要满出来的样子。然而经过热油翻炒后,水分迅速

流失，一个又大又圆的丝瓜片萎蔫成软绵绵的一小片，层层叠叠在一起黏糊着。筷子一夹，像无力的投降者伸着脆弱的胳膊，像扶不起来的瘫倒的老人，显示了一种软弱者的姿态。

亲爱的读者，你是豆角还是丝瓜？面对突如其来的挫折，就如同油锅里滚烫的热油，瞬间将你浸没，令你喘息不得，你的躯体里是否掺杂了多余的水分，令你平静祥和时显得光鲜亮丽、饱满坚挺，一旦遭遇人生的考验，便会迅速丧失水分，变得畏畏缩缩不敢向前，只待油锅将自己所有理想所有斗志消磨殆尽？

无论一生中有多少不能承受的痛，都请你像豆角一样，保持生命应有的姿态，不掺水的生活、不贬值的生命，微笑从油中出浴，告诉别人我依然很好。

爆发在伦敦的小宇宙

Yeah, she wins !

十六岁，三天，两块金牌，三项纪录……叶诗文这个小宇宙彻底爆发了！2012 年 7 月 28 日晚，伦敦奥运会上，叶诗文不仅以 4 分 28 秒 43 的成绩夺得金牌，打破四百米个人混合泳世界纪录，最后五十米的速度还超过了堪称最全能泳将的罗切特；7月30日，叶诗文又在二百米混合泳半决赛中以2分08秒39的成绩刷新奥运会纪录；7月31日，女子二百米混合泳决赛中，叶诗文以2分07秒57夺冠，再次打破奥运纪录，成为混合泳双冠王。

争议随之而来，新闻发布会上，境外记者公开质疑挑衅，仅仅让她用"Yes"或"No"来回答是否服用了兴奋剂，而她平静而坚决地说了四个简短的字："绝对没有！"

这个游泳比男人都快的小女生，留着干净利落的齐耳短发，眼睛里闪现着清澈的光芒，微笑永远挂在她稚嫩的脸颊，可爱又阳光。面对各种舆论与猜疑，她显得异常平静，所谓清者自清，她反问道："我觉得很奇怪，为什么其他国家的选手拿到那么多冠军，人们不去质疑，我拿了，怎么这么多人怀疑？"

每一个人的成功都不是偶然的，而是长期坚持不懈地努力与奋斗得来的，是经历一次次痛苦地蜕变幻化成的美丽蝴蝶。每天上午练习两个半小时，下午练习两个半小时，一直持续了九年。叶诗文说这话的时候，眼睛里有泪光一闪一闪的。

上幼儿园的叶诗文个子明显高出同龄的小朋友，手脚长得特别大，这个"异类"并没有因此受到排斥与嘲笑，而是在老师的建议下被送往了陈经纶体校，遇到了她人生当中的第一个教练。魏巍在看到她的第一眼，就觉得她是一块游泳的料，五年时间内她学会了蝶、仰、蛙、自四个项目，训练期间从不偷懒，总是认认真真地完成，教练给她多少任务她就完成多少，完全不用别人操心。

这个天生就对游泳有着异常天赋的小女生，对游泳的喜爱也随着训练在不断地增长。有一次，她不小心划破了小腿，缝了九针，可是她始终放不下游泳，放不下对这项爱好的追求，不到十天，她就从医院跑了回去，她笑着说，我实在太想我的小伙伴了。

徐国义教练惊讶于她的执着与信念,她喜欢在边道训练,骨子里浸透着一股好强的拼劲儿,渴望自己打败自己,自己与自己较量。在寂寞与孤单之中,她从不抱怨,一个人静静享受着游泳带来的乐趣,享受着一点一滴的成长与进步。

一年三百六十五天,她除了泳池换水的几天,一天也没有落下。这不禁让人想起了美国著名游泳运动员菲尔普斯,这条执着于梦想的菲鱼,在成名前的七年时间里,仅有五天没有下过水。成功来之不易,灯光与掌声中辉煌的一分钟,是多少个日日夜夜为梦想不懈拼搏的结果啊!

2008年年初,叶诗文在饭桌前一语不发,顾不上父母关切的目光,突然放下碗筷,跑到阳台,大声喊道:我一定要赢了你!声音久久回荡在这个纷纷扬扬的大雪天,惊得树枝上的雪都落到了地上。比她大一岁的队友,在前一天的比赛中赢了她,她不服气,坚决要游回属于自己的第一。这种不服输的韧劲儿与拼劲儿,终于在一个月后使她实现了自己的誓言,她激动得一夜没合眼。

她曾经说过,训练确实挺苦的,会有坚持不住的时候,但每当这个时候,我都会想起父母的鼓励,我是在为家人的美好生活而打拼。

在追梦的道路上摸爬滚打后,她终于迎来了胜利的曙光。2010年,十四岁的叶诗文首次参加亚运会夺得女子二百米和四百米个人混合泳冠军,2011年上海第十四届游泳世锦赛上夺得二百米混合泳冠军,成为最年轻的世界游泳冠军。

但是她从未骄傲,依然像蜗牛一样一步一步慢慢爬向高处,否则也不会有今天在伦敦奥运会取得的辉煌。

十六岁的小宇宙在伦敦爆发,发出的绚烂夺目的光耀眼了整个世界。这其中积聚的能量来自叶诗文从小不懈的追求与坚持,一点一滴的成长与喜怒哀乐,都是奇迹爆发的最好见证。

你这颗小宇宙,今天也要爆发吗?

丝瓜里的娃娃

暑假和妈妈学做饭，一直以来觉得做饭是一件很枯燥无趣的事情，但人总是要长大，不能做一个只会读书的机器，于是我在厨房先帮妈妈打下手。手里握着一根洗净的长丝瓜，翠绿的外表还挂着水珠，削好皮，放在案板上面，心里有一种决定它命运的奇妙感受。我轻轻地按住它，又软又有弹性，真是不忍心切下去，不过手起刀落后，丝瓜片便一个接着一个叠在一起，乖乖地躺成一排了。

突然，我发现每一个丝瓜片都像一个娃娃的脸，三个小洞组合起来就是两个眼睛和一个嘴巴，有的娃娃眼睛向下垂着，呈"囧"字状，似乎被什么奇怪的事情雷到，有的娃娃嘟着小小的嘴，仿佛在向别人淘气地撒娇，还有的娃娃用手一捏，嘴巴会弯成可爱的弧形，像是一个微笑的小天使。

我惊叫着喊出我的发现，并用相机拍下了这神奇的一刻。原来，生活处处有惊喜，幸福是从点点滴滴的小事中体现的，它不是一座盛大的金库，拥有小山一样高的黄金，而是在河边的沙滩上，在坚硬的岩石中，偶然间被太阳照射后发出的闪闪亮光，只一刹那便使人生焕发光彩。

很久以前看过一篇《苹果里的星星》，将苹果横着切会有星星藏在

里面，有时候好奇会带来意想不到的发现，创造力就是切错了的苹果。看来，丝瓜里的娃娃也如那星星般带给人们无限想象、无限趣味，在人生黑暗的夜空中散发着耀眼的光芒。

有时候，只需我们放慢生活的节奏，静下心来去感受去发现，这生活中处处都有美丽的风景。早晨起床睁开双眼，阳光透过玻璃穿过白色的雪纺窗帘，照到自己的脚尖上，伸出双手，暖暖地挠着痒。洗干净睡意蒙眬的脸，照着镜子轻轻地拍打，清爽宜人的微笑伴着今天缓缓拉开序幕。穿上整洁的衣裤，大踏步向着梦想迈进，胸中充满工作的激情和对未来的憧憬。对每一个路人送上微笑，对每一朵小花、每一棵小草点头，感恩生活中的一切事物，共同构成了这美丽的世界。

丝瓜里的娃娃告诉我们，美和感动一直都在，只要你肯用爱与感恩的眼睛发现。

常怀一颗随喜的心

新家装修，陪父母一起去看看，刚进门，就听见一阵轻快的口哨声，一位年轻的小伙子戴着耳麦一边往墙上贴瓷砖一边哼着歌，头随着起伏的旋律晃来晃去，沉浸在自己的音乐梦中，脸上时时挂着喜悦的笑，那些洁白的瓷砖仿佛沾染了灵性，从他的手上乖乖地跳到墙上，然后服服帖帖地躺好。偌大的屋子就他一个人，未免有些孤单和寂寞，可是他懂得如何调节自己的心情，在看似枯燥乏味的工作中仍能常怀一颗随喜的心，将本职工作做好的同时也愉悦了身心，何乐而不为呢？

高三的时候，每天一大早就骑上单车奔向学校，总能在路边看到一辆公交车，司机是一个中年妇女，戴着套袖用抹布认真地擦着车身，一脸虔诚，令我想起了一步一叩去西藏朝拜的人们，脸上散发出神圣光芒。仿佛那一刻世界停止了转动，她只知道认真地擦洗完自己开的公交车，她只知道将自己的工作做到尽善尽美，日复一日，从不停歇。她曾是激励我走过高三那最黑暗的一段时间里的动力，每天清早看到她热情洋溢的生命，不时地向熟人打招呼，仔仔细细用抹布一点一点地抠玻璃上最难擦掉的污渍，仍然是一脸快乐，好像她不是在完成擦车这一件枯燥无趣的工作，而是在完成一件高雅的艺术品。在看到公交车焕然一新时，我能感觉到她心里洋溢的欢喜之情，她仿佛看到了一个个乘客坐在整洁的车厢内的安心舒适，看到了一个个路人惊叹公交车在阳光的照射下玻璃所散发出的美好的金黄色光芒。

我被她的心态所折服，内心登时充满了对她的尊敬与崇拜。我也像她一样每天做好手头的作业，课余帮同学打水，扫地也变得勤勤恳恳，以前懒惰的我不再，像变了一个人似的，不再充满对劳动枯燥的怨恨，不再整日抱怨无休止的课业，一颗随喜的心渐渐养成，看什么都是那么的美好向上，浇花的时候也能静下心对着绽放的花朵微笑，秋末的落叶纷纷扬扬，一边打扫一边也能生出悲壮的伤感。

现代生活是快节奏的，每个人出门都步履匆匆，工作也是忙得焦头烂额，更别提享受了。其实，只要我们常怀一颗随喜的心，处处都能发现工作的乐趣，感恩工作，工作也会报你以感激。

常怀一颗随喜的心,即使身处悬崖峭壁也能关注一株小草的顽强生长,即使身处冰天雪地仍能欣赏自然冰雕的奇特。让我们的心不被生活打磨得失去了应有的滋味,而变得麻木,常怀随喜心,对生活对工作持乐观向上的感恩的态度,定能收获甜美的一生。

北方的天空古韵飘香

如果把人的一生比作一朵花的寿命,那么我想,我们最美丽的瞬间将在大学四年绽放,因为大学是一生中最美好的时光。我就这样怀着对大学的无限憧憬和喜悦之情坐上了火车,走走停停,人上人下,一个多小时的短暂路程后,我踏在了这陌生又熟悉的土地上。

我是石家庄人,河北大学在古城保定,很多人都问过我,为什么要留在河北而不是到远方闯荡一番? 我只是莞尔一笑,我爱故乡这一方天空。

熟悉北方的一草一木,熟悉北方人的热情笑颜,亲切得让我找到了家的感觉。看着公交车窗外飞逝的风景,感受流年在朝飞暮卷中走过,恍然之间,我长大了,成了一名大学生,将在河大,度过一生中最美好的年华。

初来河大时,我的第一印象就是,河大的建筑怎么都这么破?后来才知道,河大的前身是1921年的天津工商大学,因此,这里的一草一木都带有一种经历了风风雨雨后的沧桑之感。除了主楼、多功能馆和逸夫楼是十足的现代范儿,其余的建筑都是极古朴并带有浓厚的历史韵味。

每次路过主楼,都会在它的东侧发现这样一个上了大锁的圆形拱门,红色的漆大半都已斑驳脱落,门内是一排低矮的平房,红墙红瓦。后来听学长说,那是河大师生精心呵护的"漆侠故居",我才恍然大悟,漆侠老先生我是很早就知道的,他在史学研究方面取得了很突出的成就,尤其是宋史。

往西走去,有一座外形很奇特的不规则建筑,拥有八个角,据说从高处俯瞰,楼顶类似一对对称的八卦图,这便是河大著名的九教。巴黎有句谚语:"你在巴黎没有踩过狗屎,你就没有到过巴黎。"经常听河大老学子说:"你没在九教晕过,就没有到过河大。"九教内部应用了五行八卦布阵,回旋式楼梯通往不同楼层。九教是河大建工学院的一名学生设计的,还获得了建筑界鲁班奖,由此看来,学以致用是多么的重要,将书本上的理论转化为生活中的实践,还能让一代又一代的学弟学妹在六边形的教室上课,听老师的声音悠悠回荡,感受这种不言而喻的奇妙。

竹园旁边的文德楼,是一座俄式建筑,是河大历史最悠久的建筑,没有之一。自习室场场爆满,在临近期末考试的时候,若没有提前占座,你只能失望而归。这座小楼一遍遍地被粉刷,红白相间的鲜亮颜色几乎掩盖了它的年龄,但是只要你走进,看到桌子上涂不尽的一句句豪言壮语,那些属于一代又一代学子的心声,听到叔叔辈的老师们讲述他们在这里的大学学习,你才会感受到它的魅力。

绕着河大校园走一圈,进到那些古朴的建筑中间,闻着空气中尘埃的淡淡清香,手捧着读一本古书,心会变得平和而又安宁。所以,如果再有人说河大的建筑破,我会告诉他们,这破也破得别有一番滋味。

晨曦下的粽子

　　夏日清晨的阳光,透过细密的核桃树叶的罅隙,照在我的脸上,暖暖的。我捏着妈妈给的零钱,独自一人走向菜市场。高考过后,已经成人了的自己不能再依赖父母了,学会独立的第一件事就是去买菜。

　　小贩的吆喝声、主妇的还价声,交织在一起击打着我的耳膜。

　　"刚出锅的粽子,又大又甜的粽子……"大叔拖着长音吆喝着。

　　快到端午节了呢,我心想着,便走上前买了几个,红枣粽子、豆沙粽子、莲子粽子、蜜枣粽子……各式各样的粽子被又宽又大的苇叶紧紧地裹住,像一群尚在襁褓中的婴儿,安然、和谐又宁静地躺成一排。

　　提着粽子,我哼着小曲儿继续往前走,寻思着今天中午吃些什么菜,肚子便咕咕地叫了起来,我从袋子里拿出来一个热乎的粽子,轻轻地包开,欢喜地吃了起来。

　　我一边吃一边走,停到了一个菜摊前,买菜的人很多,我站到了最边上,抬眼间,我看到了一个熟睡的小男孩,斜靠在一把掉了漆的破旧的椅子上,头低垂着,像断了线的木偶,嘴唇旁有口水流过的痕迹,嘴巴一张一合,让我想起了在大海里吐泡泡的游鱼。

我很疑惑,明明不是周末,为什么他不用去上学,而是跟着父母一起卖菜,在这么嘈杂的环境下,竟然能睡得那么香。

我正想着,见他翻了一个身,然后坐直了。

他的目光与我对视,是多么清澈明亮的一双眼睛啊,他看着我,小声地说了一句:"妈妈,我也想吃粽子……"

他的妈妈轻轻拍了他一下,示意他安静一些,然后继续扯着嗓子讨价还价,一双手忙个不停,又是拿钱又是称菜。我看着他充满渴望又变得失望的眼睛,还有那一张欲说还休的嘴,心里微微有些不是滋味。

我轻轻走到他的跟前,蹲了下来,从袋子里拿出一个包得整整齐齐的粽子,一点一点拨开,送到他的手上。

还惺忪的睡眼顿时发出欣喜的亮光,他大口大口地嚼了起来。

"真好吃,原来粽子是这个味道啊。"他开心地说,脸上露出两个甜甜的酒窝。

我一愣,他竟然是第一次吃粽子,也许是家里穷,买不起,抑或是父母工作太忙了,没时间好好坐下来吃一顿团圆饭。

我把袋子里所有的粽子都递给他:"就当是姐姐送你的端午节礼物。"

他一个劲儿地点头,笑得如盛夏最美丽的百合花。

这个世界上,总是有人比自己过得富裕,也总是有人比自己过得拮据,像一个链条,每个人都处在固定的位置。我们要做的,不是气喘吁吁地跟在富人后面望其项背,而是回过头来,看看那些掉队的孩子,他们也许连温饱都无法解决,他们也许没有钱看书,没有钱买玩具,只能跟着打拼的父母节衣缩食地过着并不宽松的日子,在我们书声琅琅的时候,他们却在异常嘈杂的环境下安静地熟睡。

我踅身要走,小男孩突然拉住了我的胳膊,晨曦就是在这时照到他的脸上的,他摇摇手中的粽子,莞尔说了一声谢谢。

晨曦下的粽子,包着甜甜的豆沙馅,也包着浓浓的爱心。

当一只猫跳进你的阳台

吃过午饭,我正在书桌前看书,看得累了,抬起头,眺望一下远方,竟然看到了一只猫。

看到猫并不奇怪,这附近有许多流浪猫,它们可能因为种种原因被主人抛弃了,只能在院子里四处流浪,捡拾垃圾桶旁边的剩菜残羹,以便挨过一个又一个春秋冬夏。但是这一只猫,这一只调皮的猫,竟然爬到了对面三楼的一个空调上面,晃着尾巴东张西望,还迈着小碎步徘徊来徘徊去。

这是一只黄色的猫,我经常见到它与其他的猫一起浩浩荡荡地行走在小房顶上,或者排成一排,彼此抚摸着对方的毛发,轻轻地在阳光下挠痒痒。

猫会爬树,可能是从树干跳到了上面,抑或是顺着排水管道爬了上来,总之,它在空调上面坐了下来,我们隔着一个院子的距离,对望着。

我发现,那人家的一面窗户竟然开着一个小缝,足以让一只猫钻进去,我屏息凝神,戴上眼镜默默地观看,像观看一场精彩绝伦的表演。

它站了起来，将身子直立，脸扑在窗子上面，想探个究竟，可是玻璃是蓝色的，它什么也没看到，它很失望。也许是寒冬的冷风吹得它直哆嗦，也许是很久没有饱餐一顿，也许是家里的宝宝都等着妈妈带饭回去，它环顾一下四周，没有人看见，它像一个小贼，歪着半个身子探进了屋里，纵身一跃，跳进了阳台。

天啊！对面的人家可能恰巧想通通风，却没想到一只流浪猫闯了进来。它会不会打扰到他们的酣睡？它会不会遭一顿毒打然后被赶出来？它会不会被锁在屋里找不到回家的路？我的心一紧，手心攥出了汗。

我坐在书桌旁等了很久，眼睛一直望着窗户，希望它可以安全地出来，不再那么贪玩与调皮，安安稳稳地回家。正当我准备放弃的时候，我看到窗户被全部打开了，女主人将猫放在窗户边，然后转身离开了。

我松了一口气，女主人也许刚刚喂饱了它，然后准备放走它。它一动不动地坐在窗沿，恋恋不舍地望了望温暖的屋里，女主人正将洗好的衣服往绳子上挂，摆摆手示意它走吧。

它又回到了空调上面，伸出小脑袋向下望，然后又伸了回来。突然想起来一本书上说，猫具有出类拔萃的反应神经和平衡感，善于爬高，却不善于从顶点落下。看来它是害怕了，这么高的距离，它是不敢轻易向下跳的。它孤独无助地坐在那里，用爪子擦擦脸，难道是因为畏惧而流出了眼泪？它望着女主人，女主人也似乎明白了，便将它抱了回来，关上了窗户。看来是要将它从楼梯送下去吧，送回属于它自己的家。

我的心中升起一股暖流，这个冬季少有的温馨之情。想起葛天民的《迎燕》——咫尺春三月，寻常百姓家。为迎新燕入，不下旧帘遮。翅湿沾微雨，泥香带落花。巢成雏长大，相伴过年华。人与动物的深厚情谊，人与自然的和谐相处，这是我们这个社会所需要的。万物都是平等的，不仅人与人之间需要这种关心与爱护，人与动物之间更为重要。

现在社会，许多人为了经济利益，肆意捕杀虐待动物，人们穿动物毛

皮做成的衣服，人们戴象牙做成的首饰，人们吃遍所有能吃的生命、所有能想到的部分。人们满足了自己的欲望，却毁灭了无数生灵的家。

我们作为一种高级动物，更应该懂得善待万物，善待生命，哪怕是如一颗草一样渺小，哪怕是像一朵花一样脆弱，哪怕多么微不足道，都要怀有一颗慈悲之心，与动物与自然和谐共处。因为我们在这个世界上是平等的，我们是互相依存的。只有这样，才能使这个世界变得更加美好、更加和谐，变成一个安宁祥和的国度。

天地与我共生，而万物与我为一。庄子早在《齐物论》中就阐述了这一和谐理念，万物和谐共处，是亘古不变的法则。

当一只猫跳进你的阳台，你会怎么办呢？

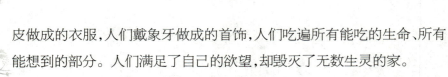

寻梦山塘街

一直以来就很想去江南，我是北方人，江南于我的全部印象都是在书中读到的。很小的时候就背得烂熟的《忆江南》："江南好，风景旧曾谙，日出江花红胜火，春来江水绿如蓝，能不忆江南？"江南的花团锦簇，红得那么明艳；江南的水那么碧绿明丽，在暖暖的阳光照耀下，泛起层层粼光，闪着和谐与安宁。

梦里的小桥流水、古镇水乡，我撑着碎花伞，在细雨蒙眬中穿过一条条弄堂，看斑驳得掉了漆的墙，品空气中淡淡的花的香，脚步细碎仿佛怕惊扰了这美丽的梦。如今，高考过后的暑假，我踏上了寻梦的旅途，苏州的山塘街是梦里的第一站。

被誉为"姑苏第一名街"的山塘街，东起阊门渡僧桥，西至虎丘山的望山桥，长约七里，所以俗话说"七里山塘到虎丘"。山塘街历史悠久，始建于唐代，大诗人白居易在苏州任刺史时，看到虎丘附近河道淤塞、水路不通，回衙后开河筑路，百姓为了纪念便称山塘街为白公堤。

山塘街是梦中江南的生动写照，有着水陆并行、河街相邻的格局。中间的山塘河水潺潺流着，一排排红色漆木船安静地停靠在河两岸，一座座石桥拱着好看的身子，娇羞地望着水中自己的身影，河两旁是江南小镇，白色的有些斑驳的墙体，黑色砖瓦的屋檐下，是一件件花花绿绿的衣裳，有女子在河边洗衣洗菜，男子在船上吆喝着，一派繁华如梦。

韦庄的《菩萨蛮》中写道："春水碧于天，画船听雨眠。垆边人似月，皓腕凝霜雪。"春日的江水，碧绿胜过天空的碧蓝，泛一只彩绘小舟，静卧其中，听着外面细雨落下的滴答声，安静地入眠。卖酒女子如天空中那一轮明月，光彩照人，白皙的手臂如霜雪般纯洁，多么闲适惬意。这就是江南的美好，是北方不可比拟的独特风光，江南的湿润浴出无数美人，江南的诗情打动无数心灵。

山塘两旁的店铺，挂着火红的灯笼，酒旗在风中飘来荡去，一位光着膀子的小男孩骑着四轮自行车奋力从桥下蹬到桥上，身穿长裙的女子手捧书卷静坐在灯火通明的屋内，桌上插着一把把刺绣的小扇。街上人来人往熙熙攘攘，人人洋溢着幸福知足的微笑，是寻到梦中的景色后露出的满意的笑吧。

"买鱼沽酒，行旅如云；走马呼鹰，飞尘蔽日。晚村人语，远归白社之

烟;晓市花声,惊破红楼之梦。"水巷山塘,繁花似锦,难怪有民歌唱道:"杭州有西湖,苏州有山塘。两处好地方,无限好风光。"

寻梦山塘街,好一个如梦似幻的人间仙境。

灵魂行走在田子坊

戴望舒的《雨巷》曾一度让我幻想有一天可以来到弄堂走一走。袭一身白色衣裙,撑一把花伞,踏着青石板路,在狭窄的巷子里,与一位眉目清秀的男子擦肩而过,相视莞尔一笑,时光仿佛不再向前,永远停留在那永恒的一瞬间。

有人曾说,田子坊印刻着老上海的形,流淌着老上海的魂,它的原汁、原味、原生态,恰如都市里的丽江,让人魂牵梦绕。我到田子坊的时候是八月中旬,上海的大太阳被两排的石库门建筑挤成狭窄的一小缕,又被屋顶红色的小棚子以及密密的电线切割成细碎的一块块,柔柔地洒在我的脸颊。没有细雨,没有花伞,阳光一样可以让田子坊变得格外有情调,那是一种慵懒闲适的感觉,是"偷得浮生半日闲"的欣慰与情趣。

初见田子坊的牌子,再望一眼曲曲折折的弄堂,人来人往的喧嚣热闹，以及两排各式特色的小商店，我一下子找到了遗失的美好，仿佛来到了一个没有压力没有烦恼的世外桃源。

透明的玻璃橱窗内，有一排排设计精巧、形态各异的上海风情娃娃，嘟着脸卖萌的，咧着嘴大笑的，发呆的、郁闷的、大哭的好不令人心动。

画廊里艺术大师的油画挂满了整个屋子，旁边的壁炉不仅仅是摆设，隆冬时节真能生火，围着火炉，喝一杯热咖啡，是人生莫大的享受吧。

迈着细碎的步子，一点一点往前挪，不忍心错过每一家精心布置的奇特与迷人，踩着木制的狭窄楼梯，墙壁上是手绘的各式图案，有的带着小女孩青春可爱的气息，有的带着少年轻狂桀骜的不羁。手里拿着一杯双皮奶，眼睛望去，五颜六色的便利贴贴满了整面墙壁，上面写下了各种祝福与希冀的话语，像恋人之间甜蜜而又隐秘的悄悄话，被空调的冷风吹得羞涩地翻来翻去。

创意陶瓷馆的橱窗摆放着装满鲜花的陶罐，一排排可爱的鲸鱼陶瓷，还有静卧的瞪着大眼睛的猫头鹰，各式的泥陶娃娃围在一起做游戏，情侣杯子紧紧依偎着说些情话……文艺的、市井的、家居的亲切感扑面而来，新奇的、创意的、可爱的小东西琳琅满目，令人目不暇接，真有"决眦入归鸟"的心切。

泰迪之家是每一个女孩心仪已久的去处，一进去，童年的记忆就争先恐后地钻入我的脑海，床头的大熊曾是我孤独寂寞时候的玩伴，是我失落伤心时哭诉的对象，是害怕黑暗与妖魔紧紧相抱的安全感。也曾将它身上穿着的红色毛衣扯下来穿在自己身上，也曾拽着它的耳朵看它在地上迈着凌乱的步伐，也曾把它按在地上让它学会舞蹈的基本动作。展厅里的泰迪之家充满了家的温馨，熊爸爸、熊妈妈还有熊宝宝，那首熟悉的歌谣又回响在耳边，趁着好心情去喝一杯小熊卡布奇诺，奶油的泡沫在咖啡上面幻化成一张憨态可掬的熊脸，教人如何忍心下嘴。还有各种巧克力蛋糕，就请暂时放下减肥计划，尽情投入这美好甜蜜当中吧。

充满现代艺术的精致咖啡馆上的藤条椅上坐着四五个外国人，一边抽着雪茄一边品着咖啡，楼上的一位大妈正在晾晒浅粉色的碎花被单，阳光照在她的脸上，也照在每一个像我一样仰起头的脸上。

温馨的感觉是久违了的熟悉，是在人群匆匆的地铁站中找不到的，是在人挤人的公交车上寻不来的，是在电脑桌忙碌的手指间溜走的，是在桌子上厚厚的公文或作业本间逃脱的，那种闲散慵懒的舒适，那种安静祥和的享受，我们有多久没有了这样的感受？心里总是在想，在琢磨怎样多挣些钱，在寻思如何拉人脉搞好人际关系，在费劲脑汁地问自己是不是今天又偷懒了没有完成预定的目标。我们身心俱疲，没有一丝喘息的时间，这就是我们要的生活？像永不停歇的夸父，在追日的过程中至死才明白，阳光不是那么费劲去追的，而是平和心态决定的，幸福指数也不是去衡量比较的，幸福感是油然而生的发自内心的喜悦之情。

我这样说，并不是希望所有人都放下工作整日地享乐，而是希望我们在学习或者工作之余，可以思索一下生命的意义，也许你会重拾童年的乐趣，也许你会记起和家人在一起的美好。放下自己疲惫不堪的心情，去拥有属于自己的天地，积蓄好能量，才能更好地前行。

让灵魂行走在田子坊，它会告诉你什么才是真正的人生。

绿衣天使，让漂泊的心找到归属

　　我的母亲是邮局一个普通的分拣员，每天工作的全部内容就是将全国各地的大大小小的邮件分门别类地放进一个个格子里，大的信件需要站着分，小的信件则只需坐在高高的凳子上投进去，母亲总是轻拿轻放，生怕一不小心，就弄碎了远方亲人朋友盛满了爱与希冀的美好愿望。

　　每当看到母亲回到家还仍然穿着一身绿色的工作服，顿时就有一股敬意从心底最深处涌上来。在我的眼里，母亲就是一个绿衣天使，其实每一个在邮局工作的勤劳而善良的人都是上天派下来的天使，他们坚守在自己的岗位上，默默地奉献着自己的青春年华，从一个个刚毕业的少男少女，带着稚气的脸上仍然是对社会的好奇与无知，到一个个能熟练地记住这座城市大大小小街道的号码，顺口就能说出某一个狭窄小巷角落人家的门牌号的老职员，这其中经历了多少喜怒哀乐，而一切的努力只有自己最清楚。付出了多少日日夜夜苦背苦记的汗水，贡献了多少本该悠闲享乐的美好年华，只为了让远方漂泊的一颗心找到归属，在属于自己的格子里面，等待着被人送到最最心爱的牵挂的人手里。

　　多么高尚而可贵的职业,母亲坚持了近三十年。在青春最美好的岁月里,在一片绿色的世界中,她遇到了同样是绿衣天使的父亲。只一眼,便深深地触动了彼此的心,从相遇到相爱再到相许,一段美好的婚姻就此开始。两个人虽然有着不同内容的工作,但是他们共同怀着一个目的——将远方的爱和祝福送到该去的人那里。也许那只是一封薄薄的情书,却承载了沉沉的爱与希望;也许那只是一包简单的冬衣,却蕴涵了无限的体贴与关心;也许那只是一个手编的链子,却穿满了颗颗祝福与祈祷的珠子。

　　但是,长时间的站立令本来就体弱多病的母亲又增加了负担,腰椎间盘突出、肌肉拉伤、骨头错位……劳累过度的副产品像一个个沉重的包袱压在母亲瘦小的身躯,她支撑不住了,尽管她的内心多么渴望再奉献最后一点力量,只为了能够让更多的信件进入属于自己的格子中,让更多牵挂的心找到自己的归属。现实太过残酷,雪白的病历单刺痛着母亲的眼睛,奉献了近三十年,也该歇歇了,可病假一请,就是一年,却仍然不见好转。医生总说,病根太深,瘦弱的身体本来就不是很硬朗,不能做任何体力活儿。看着母亲一脸的无奈与辛酸,我的泪总是瞬间就湿了眼眶。

　　可是,这一切都是无怨无悔的啊!每一位绿衣天使都有着共同的使命,在有限的时间奉献无限的爱与力量,哪怕自己再苦再累,也会尽职尽责,做好自己的本职,守好自己的本分。因为,让漂泊的心找到归属,是每一位绿衣天使的责任。

麻雀的窗边低语

午后，我正坐在窗前的书桌上看《小王子》，突然感觉耳边叽叽喳喳的有些吵，我一抬头，望见两只小麻雀在窗台上跳来跳去，好奇的小脑袋瓜一上一下，不停地摇晃着，看看对方又看看屋内，看到我的脸竟然没有害怕的神色，仍然叽叽喳喳地说着话。我想，如果我是小王子的话，就可以听懂它们的话了，那该是一件多么奇特的事情。

这两只可爱的麻雀穿着栗色的衣袍，头和颈的色彩更加浓厚，黑色的条纹像是装饰的衣带，摇着脑袋用黑色的圆锥状的喙轻轻啄着纱窗，有时还会卡在窟窿眼儿里，它往后一拔，险些站不稳，晃晃小脑袋。

母亲端着一杯水走到我的桌前，那两个小家伙倏地一下就飞走了，我大叫着怪母亲吓走了我的小可爱，母亲笑笑说，麻雀是有灵性的。我用疑惑的眼睛看着她，不懂这其中的意味。

母亲小的时候在农村生活，不懂事，经常掏鸟窝、捉蚂蚱、抓老鼠、水淹蚂蚁洞……有一次听村里的老人说麻雀是有灵性的动物，她不信，偏要自己试一试。她拿来一个长木凳，踩在上面，将报纸揉成团，塞到房

檐上的麻雀窝里，堵得严严实实的，然后大摇大摆地走了。麻雀妈妈回到家，看到自己的孩子被堵在了窝里，心里甚是着急，对着母亲猛追不舍，她这时才知道，原来麻雀能认出人啊！不仅能认出来，还对着她大叫大骂，声音急促猛烈，如上好膛的机关枪，在她的耳朵旁边连续不断地叫着。

母亲被吵得不行，终于信了那句话，将鸟窝里的报纸拽了出来，仓皇而逃。麻雀妈妈这时才放过她。我能想象得到当时一个小女孩狼狈的模样。

从此以后，母亲再也不敢欺负小动物了，还有一切生灵，与我们人类共同居住在美丽星球上的千千万万的有灵性的生物，它们都值得人们尊重，值得人们爱护，而不是作为人类的享用品或服侍的奴隶。

我提议在窗台悄悄放上一小撮米，等到它们再来休息的时候，就可以美美地饱餐一顿了。我正为这想法感到开心的时候，父亲走了过来，他摇摇头，拒绝了我。我再一次投去疑惑不解的眼神。

盛夏时节，各种昆虫随着树木一起疯长着，只要麻雀稍微努力，便能满足自己的一日三餐，不愁吃喝。而到了严冬，树木凋零，昆虫冻死，麻雀缺少食物才在垃圾桶旁逡巡，希望能填饱肚子，而不是过着吃了上顿没下顿的苦日子。那时候，才需要我们伸出双手，默默地关心一下它们。而此时，是需要自己振翅飞翔努力奋斗的，如果有人好心帮忙，则会暗中助长了懒惰的习气，使它们丧失了拼搏的动力，好心也会变成坏事。

我若有所思地点点头。人也是一样啊，给别人的施舍也要适度，也要注意维护他的尊严，考虑到他的成长，而不是作为自己虚荣心的发泄口，以为自己在做一件非常伟大的事情，殊不知这是害了他的前途。

就像《高贵的施舍》中母亲做的令人不理解的举动，让失去一只手的乞丐将砖从屋前搬往屋后，然后又从屋后搬往屋前，每一次劳动都付给相应的钱。这是充满了智慧之光的爱才能铸就的真正的施舍！

小麻雀在窗前的低语，引起了我们深深的思考。

我想，我终于能像小王子一样，听懂这其中的意味了。

军训教我的那些事

把简单做到极致

军训的第一天，天空一片蔚蓝，我抬头看着大朵大朵的云彩，在微风的推搡下，不知什么时候，就从左侧的一排树后面偷偷溜到右边的看台楼上。汗珠从额头缓缓地流下，微痒却不能动，只能任它安安静静地在脸两侧滑过，心中竟有些许自豪感，我能坚持这么久，一动不动，挺拔如旁边高大的白杨。军训是大学的第一课，军姿就是军训的第一课，仅仅是简单的站立，在军人的眼中，也是那么的神圣而严肃——两脚跟靠拢并齐，脚尖向外分开约六十度，两腿挺直，小腹微收，自然挺胸，两肩要平稍向后张，两臂下垂自然伸直，而且细微到每一根手指，四指并拢，拇指尖贴于食指第二关节处，眼神要有杀伤力……

　　我们在平时的生活中，站没站相，坐没坐相，越简单的东西越是我们最容易忽略的，我们往往把视线都集中在那些看起来庞大而重要的工作上，却总是连最简单的事情都做不好，正如一幢大楼没有牢固的地基，钢筋水泥也不合标准，过不了多久，一定会倒塌的。练军姿正是纠正了这个误区，让我们能够从点滴小事做起，因为只有把简单的事情做到极致，才能达到人生的大境界。

化大目标为小目标

　　这是我们第二次相聚在这片绿荫下，初秋的风带着凉意灌进衣衫，有提前衰老的树叶从空中飘到地上，还没来得及看到它最后一面，训练的哨声就响了起来。今天学习踏步，动作进行了分解，先是不踏步只原地摆臂，胳膊摆到多高，离身子多远，是否绷得直，都是有严格要求的。我们掌握了基本要求后，就开始练习，从一口令一动，到一口令两动，一直到一口令七动，强度逐渐加大，难度也逐渐加大。当我们酸疼的胳膊都摆到具有一定惯性后，就连上了腿，胳膊与腿协调一致后，踏步才算完美落幕。

　　无论是学习还是工作，没有目标就是盲目的，拥有一个宏伟远大的目标，我们才会充满斗志与希望，但是好高骛远并不实际，将大目标化为小目标才是通向成功的捷径。就像我们练习踏步，将动作分解成好几步，按部就班地来，最后你会发现曾经以为永远也做不整齐的动作，竟然毫不费力地做到了。化大目标为小目标，你会突然发现，自己头顶上看起来遥远的成功之云，原来触手可及。

感谢对手促你进步

突然起了一阵很大的风，树上的叶子纷纷掉落，卷着北方特有的沙尘，呼啦啦扑到我们的脸上。忍着沙粒磨到眼皮的疼痛，听教官大声地说，我们营的另一个方队，比我们走得要好，下午的会操很可能会派他们方队做代表。他们站在太阳地里，脸朝阳光，都晒得红彤彤的，而我们站在阴凉处，却还是不住地抱怨。听到这些，我们不禁感到一阵羞愧，沉默后，我们互相纠正动作，一排一排地讨论如何才能把步子走得更齐，把臂摆到同一个高度上。那一瞬间，我的眼眶湿润了，我感觉到了同学间的温馨，以及为了同一个目标共同努力的认真劲儿。当太阳在我们头顶上灿烂地笑着时，我们终于达到了梦想的高度，也成功地代表一营参加了会操，并且得到了大队长的认可。凯旋的时候，一营其他的方队都向我们报以热烈的掌声，那一刻我的嘴角不自觉地上扬，让我暂时忘记了肌肉的酸疼，只一心沉浸在胜利的喜悦当中。

而我最想感谢的，是和我们同样优秀的竞争对手，没有她们，恐怕也无法找到我们自身的不足之处。生于忧患，死于安乐，对手使我们更加坚强，使我们完善自己，更好地进步。下次再见到你的对手时，不要把他当成敌人，冷眼观望，而是上前亲切地握一下手，说句暖暖的——谢谢你。

凡事用心才能成功

经过了两天的大雨，天空晴朗无云，训练在一天天进行，到了最累的踢正步阶段，摆臂、踢腿，我们都像不倒翁一样晃来晃去，总是站不稳，教

官拿着一根树枝在旁边吓唬我们，可我们的脚还是忍不住点地。汗水浸湿了后背，又累又热的我们无奈地耸耸肩，女孩子腿部肌肉本身不如男生发达，高强度的训练又令我们疲惫不堪，教官告诉我们，只要集中注意力，把所有的劲儿都使上，用心去做，就一定可以做好。我们换了一种积极的心态，每抬一下腿都专心致志，仿佛周围的一切都不存在，只有我们在认真地练习，一遍又一遍，渐渐达到了理想的标准。

《荀子·劝学》中说过，蚓无爪牙之力，筋骨之强，上食埃土，下饮黄泉，用心一也。可见，做一件事情需要投入百分之百的努力，才能有机会收获百分之百的成果，如果总是想着偷懒，那什么事也做不好。凡事用心才能成功，用心者方能成大事。

珍惜我们拥有的

短短的大学军训就快结束了，真是应验了"你若军训，便是晴天"，阅兵式这天，蔚蓝的天空没有一丝云彩，太阳也来凑热闹，俯视着站在绿茵地上的我们。经过主席台的那一刻，我的心中涌上了一股难以言说的感觉，那么多汗水与泪水交织着的训练，最终不过是短短的几十秒走过，很多我们当初以为多么难多么重要的事情，回过头来再看，心中难免释然了很多。当宣布军训结束的时候，男生把教官举起来抛到天上，我们笑得弯了腰，合影留念，拥抱道别，累过了笑过了，夕阳的余晖洒在还未散去喜悦的脸上，我突然有种莫名的怅惘。回首训练的日子，幽默的教官逗得踢正步的我们站不稳，带着我们大声地拉歌，在太阳底下挥汗如雨。而如今，扭头再深深地望一眼操场，想到这些即将远去，那些人那些事，即将离开我的世界，我的眼睛就不自觉地湿润了，哪怕嘴角还带着微笑。

珍惜我们拥有的，因为总有一天一切都会变得不同，我们爱过的人，总有一天会离我们而去，当我们发现这一切都不再了，我们才开始后悔当初为什么不好好珍惜每一个瞬间，哪怕是苦涩的眼泪，也都值得回味。年华易逝，青春易老，短暂的军训生活已经过去，也许以后再也没有这样的经历了，曾经累得想哭却还是忍住眼泪的那种难受，曾经腿酸到抽筋却还是咬牙强忍的那种坚持，现在竟然希望重新再来一遍，我们就在泪水与汗水中成长，慢慢长大，慢慢变得更加坚强。军训，教会了我珍惜，天下没有不散的筵席，珍惜现在，把握每一秒与身边人在一起的时光，才是最幸福的事情。

这里就是你的家

曾经无数次地躺在家里的床上，在脑海中幻想着将要生活四年的大学，宿舍是什么模样，学习的氛围是否浓厚，还有来自全国各地的五湖四海的同学们，会有怎样欢乐的容颜。每当沉浸在自己假想中的大学生活，嘴角都会不自觉地上扬，奋斗了十二年，带着刚刚成年的幼稚以及初入社会的懵懂无知，我们踏上了通往大学的路，在迈入校门口的那一刻，我抬头望了望天空，夏末的尾巴扫过我的脸颊，留下一丝暖暖的阳光。

高高的主教楼前,是来来往往的人群,在一个个橙色帐篷搭起的新生报到处,忙忙碌碌地填写着表格,虽然脸上带着奔波了一路的疲惫汗水,但仍然掩饰不住来到梦想中大学的喜悦与兴奋。像所有大一新生一样,我提着满满的行李箱走在曲折的林荫小道上,里面盛着我对未来的无限希冀与美好祝愿,看着两旁郁郁葱葱的大树,美丽的叫不上名字的迷人小花,微风吹过,仿佛微笑着向我们打招呼,亲切的熟悉的感觉。金黄色阳光透过树叶的罅隙投在地面上,碎银一般令人不忍踩下去,好像轻轻地一脚,就会将这美好破坏。

深红色漆涂成的宿舍楼,有着好听的名字——菊园,我带着好奇的目光透过窗户向每一间宿舍瞧去,仿佛看到了以后的我,安安静静地在书桌前看书,或者大笑着和室友聊天,零食袋子堆满了床。激动的一颗心插上翅膀,飘进了这栋古朴的建筑,这充满了浓郁的人情味的每一个房间。

刚粉刷过的白色墙壁,干净得仿佛没有一丝瑕疵,不知未来的墙壁是否还能保持当初纯洁的模样,就像不知道以后的我们能否永远带着初见的那份美好与单纯。我爬到我的床上,整理好床铺,将我最心爱的小狗摆在枕头上,突然眼睛就湿润了,家的感觉涌上心头。是啊,这将是我生活四年的小屋,身边的室友就是我的家人,她们会在我需要帮助的时候向我伸出援手,在我伤心的时候给我一个可以依靠的肩膀,在我高兴的时候陪我一起开心地笑,我们是一家人,相亲相爱的一家人,一起哭一起笑的一家人,整个河大校园都是我们的家,每一棵小草每一朵鲜花都是我们的兄弟姐妹,在这里,没有陌生与尴尬,有的只是弥漫在每一寸空气中的爱的味道。

头顶上的电风扇,呼呼地转个不停,窗外排队打水的人,不时地望向远方,也许不远处就有你的梦,也许下一秒你就会听到梦想开花的声音。但是你要安安静静地听,因为那是来自内心深处的声音,她在说——欢迎你,这里就是你的家。

第三辑

我和初恋不打不相识

你是我蔚蓝色的傻木头

一

"剪刀、石头、布！"

"哈哈！木头输啦！木头当保姆吧！"我高兴地从地上蹦了起来，惊得梧桐树上的小麻雀都四散飞走了。

他一点儿也没有沮丧的神情，仍是憨憨地傻乐，满不在乎的样子。真是个呆头呆脑的家伙，看来这个外号我是起对了，瘦小的身躯，还没有我的个子高，不爱说话的性格让他更像一截沉默的木头。而他的大名大家都忘得差不多了——何智明，翻译过来就是——多么智慧聪明啊！这不是完完全全彻彻底底地讽刺吗！我心中暗自偷笑。

而庄帅，真的帅到家了。都说名字起的越难听，人就会朝着相反的方向发展，所以很多人的小名都是什么狗蛋儿啊、二狗子啊、王麻子啊，可是庄帅不符合这个规律，他现在简直就是高富帅的弟弟，不仅是大院子里的孩子王,有着天生的领导能力,而且有着令人羡慕的外表和家境,个头儿是所有孩子当中最高的,长着一张斯斯文文仿佛从来没有沾过半点灰尘的干净的脸,穿一身名牌衣服,高级轿车接送上下学。谁要是和他混好了,经常能得到他父母的招待,每年他过生日都会请我们去他们家吃蛋糕,那叫一个气派,比大院子里的孩子过得舒适多了。而他的外婆家住在大院子里,所以每次他只要过来,都会和我们在一起玩过家家。

"我当妈妈,庄帅当爸爸!"我早就想好了,乘机赶紧说出来,见众人没有反对,我扭头看看庄帅。

他冲我发出一个杀伤力极强的微笑。

也就是那一瞬间,我幼小的心第一次有了特别的颤抖,一颗种子悄悄地种在了心上最柔软的部位,等待着有一天它会生根发芽,开花结果。

而木头不知道会不会记恨我一辈子,这一局的输赢,因为我的慢出,决定了以后很多年他在我们当中的位置,都是那个可有可无的保姆的身份。

不过他好像一点也不在意,真是个傻木头!

二

梧桐树上的叶子越长越多了,一片挨着一片,在我们头顶连接成一把巨大的遮阳伞。多亏了庄帅家新买的超大电冰箱的纸盒子,我们把它放倒在树荫下,用脚使劲踩瘪,再打开就成了一张大大的纸地板。我们欢呼雀跃地坐在上面,小腿一盘,商量着今天该吃点什么好吃的。

将果冻盒里盛上沙子,再接点自来水,用吃完了的冰糕棍搅一搅,捡一枚新落下的叶子,撕成碎片放进去,就是一碗炒米饭啦!

木头端上来的时候,我和庄帅正聊得火热,猜测这集的《多啦A梦》

中大雄会被胖虎揍多少次。

"木头，这就是你做的炒饭？怎么这么没有滋味，我想吃辣的。"我故意刁难他，希望再多延长他做饭的时间，这样我就可以和庄帅多聊会儿啦！

"哦？辣的？"他低下头，想了一会儿，我看到他的眉头拧在了一起，突然他大声一喊："有了！"然后就跑远了。

真希望他跑远了就不要再回来了。

没想到他真的没有回来。

我们一直聊到太阳落了山，才发现不对劲，这么长时间了都没见到木头半个人影，我开始慌了。

"别怕，不会有事的，我们分头去找吧。"庄帅拍拍我的肩膀，安慰道。

我们沿着大院子转了一圈都没有发现他，夜色渐渐笼罩，黄昏曾是我们最怕的怪兽，只要太阳一落山，黑暗仿佛就要把我们吞噬，我们会不顾一切地跑回家，可是这次，我壮大了胆子，因为木头丢了。

"木头！"

"木头！"

我们扯着嗓子喊，可是他好像消失了一样。庄帅突然想起来，附近有片工地，是前几天刚刚开工的，那次庄帅的球滚了进去，是木头偷偷帮他捡的。

我们赶快跑到了那里，巨大的机器轰鸣声震耳欲聋，蓝色的挡板围成一个坚实的壁垒，我们在外面不知道如何进去，庄帅拉着我走到一个拐角处，显然有人把这里的门弄开过，我们一钻，就进去了。

顺着黑暗的轨迹走了一会儿，看到一个瘦小的身影朝我们走过来，跟跟跄跄的，一看那轮廓就是木头！我高兴地跑过去，一把抓住他的胳膊，问他怎么了。他摇摇头，我还能看清他露出了一丝微笑，然后伸出手

上拿的那碗"炒饭",上面撒满了红色的粉末。

"蔚蓝,真的不好意思,饭做得太晚了,你早已饿极了吧。"

原来,他为了找辣椒,想到了工地的红砖头,他偷偷地溜进去,却被一位看管的老大爷逮住了,他一晃神,手上拿的砖头就掉了下来,正好砸在了他的脚上,然后是一阵钻心的疼痛,伴着汩汩而出的鲜血,氤氲了一片。

"傻木头!"我突然踅身跑远了,我不想让他看到我的泪,那样只会让他更难过。

三

流年打马而过,好像一觉醒来,每一个人都长大了,陆陆续续的小伙伴们相继搬走,我们也去了不同的初中上学,一切杳无音讯。新朋友是未来的憧憬,老朋友留在了记忆里,曾经的过家家也不再提起,只是偶尔还会想起木头那傻傻的样子,想起庄帅酷酷的样子,不知道现在他们都还好吗?我抬头看着天空,想起他们临走时我说的那句话,你要是心情不好了,就抬头看看天空,蔚蓝蔚蓝的,就会想起我,想起我的微笑。

高一刚开学,我们都围在新生分班的告示栏前,哪怕我的脖子伸得比长颈鹿都长,我依旧是看到一片黑压压的后脑勺,我急得直跺脚。

"跺脚也不管用,你这体重,一会儿就能跺出一个大坑,倒是让你矮了半截!"

我突然感到身边一股冷气袭来,我用眼一斜,只见一位身着白色 T 恤上面是迪达拉头像的男生,高高的、瘦瘦的,简直就是一个电线杆,真有一种想往他身上贴小广告的冲动。

他扶了一下鼻梁上的黑框眼镜,嘴一撇,居高临下地俯视我。

"你！你不是木头吗？"我惊讶地张大了嘴，他竟然变化这么大，个子蹿得这么高，不是那个傻傻地等着人欺负的木头了，竟然也跟姐学会了贫嘴。

"阁下正是，那么女侠您就是蔚蓝吧？哈哈！多年不见，不知一切可好？"他抱抱拳。

"好！好得让你羡慕、嫉妒、恨！"

缘分真的是奇怪的东西，我、庄帅、木头、果子，竟然被分到了同一个班！

我的闺蜜果子竟然还和我同桌，我真是高兴得手舞足蹈的。

庄帅一点没变，仍旧是一股高富帅的气质，毫无悬念地成了校草。只是在他心目中，好像只有一个人可以让他心动，我以为那会是我，没想到，是另一个女生。

"他们俩初中的时候就同桌，现在还是，真是有缘啊！他追了她很久，但是不知道那个女生什么意思。"

我撇撇嘴，心里很不高兴。

四

大院子被拆迁了之后，我们的家被搬到了很远的地方，曾经一起玩的小伙伴都不在了，有些莫名的惆怅，有时候会独自一个人坐车到原来的院子里寻找曾经的痕迹。看着一个个黑洞，还会想起曾经庄帅支着头在书桌前看书，有大风从窗口灌进去，让他的头发瞬间凌乱成迷人的样子。曾经玩过家家的时候，他给我编了一个草戒指，他说长大后他一定要娶我当老婆，可是现在，他却爱上了另一个女生。儿时的话真的不可信，可是我却傻傻地等待了这么多年。有的时候，我望着天空，还会想起他说,蔚蓝,你的名字真好听,就和这天空一样美丽。而这片天空飞进了一只美丽的天使,于是你爱上了她,忘记了天空的颜色。

高二的课很紧张,每天坐公交车让我疲惫不堪,于是我决定在学校附近租房子。按照熟人中介的地址找到了这片小区,我一进大门,就看到许多穿着和我同样校服的学生游荡,不能说是游荡,他们是有目的的,抓住一个路人就开始问,这里有没有空房子需要租?满脸可怜的样子,让人看了一股怜悯之情。我将帽子戴上,低着头,快步走了过去。还好我先下手为强,已经打听好了,这年头干什么不用关系的啊。

噔噔噔爬到六楼,已经让我累得不行了,没办法啊,好位置都让别人抢走了,一个重点学校衍生出来的副产品,不仅包括参考资料价格的飞涨,还有周边的地价,就连门口摆摊的煎饼都贵了五毛钱。

"阿姨好!我就是蔚蓝,我是来看房子的。"见门开着,我就推开了,一位阿姨正在客厅站着,应该就是房东了。

"蔚蓝啊,长这么漂亮了啊!"她环视我一周,说道。

"其实我一直都挺漂亮的……"我小声嘟囔。

"哈哈!"一声大笑从我左边的屋里传过来。

"木头!你怎么在这儿?"我惊讶道。

"怎么?只管你租房子不允许我租?"

"不是,可是这房子……是我先租的啊……"我斜眼看那阿姨,她不好意思地笑笑。

"都是同学啊,那真是太好了,正好两室一厅的,两个人也能相互照应一下,你一个小女孩住多不安全啊,是吧?哎哟,对了我还有点事,你们先看着,我一会儿来啊!"阿姨蹬起高跟鞋一溜烟逃之夭夭。

"什么人啊,为了挣钱也不能这样吧?我可是说好了单独住的。"我嘴一撇,不满地说。

"你以为我愿意和你合租啊!万一你晚上梦游吓死我怎么办?你的

头发披下来能装女鬼了！"他白眼一翻，吐着舌头，装神弄鬼。

"切，姐才不惜吓你呢，倒是你，打完篮球一脱鞋，什么苍蝇啊蚊子啊全飞进来了，那满屋子还能住人吗？你没事了叫一帮子狐朋狗友闲聊，又是喝酒又是抽烟，让人恶心得想吐知道吗？晚上睡觉打呼噜怎么办？吵到我睡眠了，考试考不好都是你的错啊！还有还有……"

我看着他比我高一头的个子，像只发怒的狮子想把我吃了一样，我得意地看着他，好像看到了他举白旗投降的衰样。

但是他举的不是白旗，是一张白纸，那是合同书！

我气得牙痒痒，一个箭步扑上去想把合同抢下来，可是他把手伸得老高，我根本够不到，我刚想使出我的撒手锏——咬他，就听见门外有一群人吵闹的声音。

我和木头立刻扭头看过去，一堆戴着眼镜穿着一样校服的学生排着队，满脸兴奋得好像见到了他们失散多年的亲人，我俩立刻僵在了那里。

"这里有空房子啊！太好啦！我出两倍的价钱！"那个领头的满脸麻子的女生大声尖叫着，手里还不忘挥一挥政治课本。

"我出三倍的价钱！"

"我出三倍半！"

…………

不要啊！怎么成了拍卖会现场啦！这可是我千辛万苦才租到的房子，估计这方圆百里外没有空房子了，我不能每天再挤公交车当沙丁鱼罐头啦！

我们两个冲过去把门一关，"砰"的一声，世界安静了。

我们两个顺着门滑到了地上，长长地舒了一口气。

"怎么办？"

"你问我问问谁啊！"

"是你先抢的我的房子！"

"姑娘你别不讲理！我连押金都交了！"

我彻底无语。

"好吧,姐投降了,咱俩合租吧！"

"不要！是谁刚说了我一脱鞋满屋子招苍蝇,我还有一帮子狐朋狗友经常抽烟喝酒,我睡觉打呼噜吵得你考试考不好……"

"哥……我错了……"我蓄满泪水,可怜巴巴地看着他,姐姐我看韩剧看多了,这点小菜还是能蒙混过关的。

"好吧,服了你了。"

"哈哈哈哈哈……"我立刻爆发出一阵疯狂的笑声。

"你的情绪……还真是变幻莫测……"他扶扶鼻梁上的黑框眼镜,不解地看着我。

我从地上跳起来,这间房子很对称,中间是客厅,两边各一个卧室,我去左边的屋子看看,又跑到右边,左边的窗户好像略微比右边的大一些,还有一个大大的衣柜,就它啦！

"我住左边,你住右边,我先收拾收拾啊！我不叫你你别进来！"我探探头,冲他笑道。

我把门一关,才发现,这个门根本关不上！

"什么吗？这个门坏了……连插销都没有……"我欲哭无泪了。

木头耸耸肩:"那我住左边好了。"

我满眼感激地看看他,然后立刻跑到右屋,检查完毕后,觉得满意极了。

"本宫今儿个就住在这儿了,小木头,本宫不叫你你别瞎敲门,否则的话,嘿嘿,拉到慎刑司,赏你一丈红！哈哈哈哈……"我邪恶地关上了房门。

他屋里的大衣柜完全被我霸占了,看着他可怜巴巴地只能把自己的衣服叠得整整齐齐摆在床的一边,心里突然有点儿过意不去。

"木头啊,你这人还挺好的。"

"你才发现啊!"他坐在床上,拿出笔记本,估计又在打梦幻。

我突然很认真地看着他,好像很久没有这样看过他了,他的个子真的是越长越高,完全有被篮球队选上的资格,他还是那么瘦,和小时候一样,头发很久不理了,已经有了刘海儿,我暗自偷笑。我曾经说,我喜欢的男生,一定要是个幽默阳光、又高又帅,喜欢打篮球,喜欢穿白T恤,鼻梁上还要架着一副文艺青年的黑框眼镜。只是眼镜不是看书看的,而是玩游戏玩的。这点不符合,PASS!

"哈哈哈哈……"

"出去!吵死了!王爷不让你进来不许乱进来!"他连头都没抬,眼睛一直盯着屏幕。

"哼!"我抱着我的毛绒阿狸没好气地走了。

这么没有涵养没有修养没有教养的男生!呸呸呸!我怎么会喜欢!

又想起庄帅了,那个坐在班里安静低头学习的男生,那个喜欢给人讲笑话的男生,那个喜欢摸着你的头说别哭了有我在的男生,现如今在谁的旁边呢?

想到这里,心就那么的疼。

<h2 style="text-align:center">五</h2>

我对我家人说,我和我的闺蜜合租,她是一个特文静的学习班里第一的女生,可以经常帮我辅导功课,教我做数学题,有时一起互相背古文,特别好。父母温馨地笑了。

他对他家人说,他和班上学习最好的男生合租的,他每天除了上学就是闷在屋里看书,很安静,还可以帮他提高学习成绩,特别好。父母温馨地笑了。

可是现实呢?现实就是……

当我接到我妈打过来的电话时,立马吓出了一身冷汗。

"什么?您在哪儿?啊?妈,今天周六一会儿有补课的,你忘了吗?什么?你送饭?不用送啊!我自己会做的!什么?你到五楼了?妈……那个……那个等下啊,壶开了……"我把胳膊伸直,对着离我一臂远的手机"嘘……嘘……"作壶开的哨声,然后赶紧挂掉。

"咚咚咚"我使劲敲着木头的门。

"什么事啊!这才几点啊!还没起床呢!"

"大事!出大事啦!我妈要来啦!都到五楼啦!"

"啊!"一声惨叫。

"你快点开门!"

门开了,他光着膀子,一脸被噩梦惊醒的样子。

"姐,我是不是在做梦啊?"

"去一边的,别贫了,快点,快点找地方躲啊!"

"我……我上哪儿躲去?"

我着急地绕着满屋子跑,突然看到了那个大衣柜,我指给他,心一狠:"你就钻进去吧!千万别出声啊!"

他瞪大了眼睛,然后我听到了我妈的声音,"蔚蓝!蔚蓝啊!开门啊!"

"知道啦!马上!"

我打开衣柜的门,把他按了进去。

用最快的速度把被子盖住床上的漫画书,然后去我的屋子里抱了一半的毛绒玩具放在上面,还有篮球袜子什么的一股脑全都塞到床底下了。

收拾妥当后,我一擦汗,开了门。

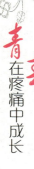
　　我上去环住她的脖子，娇滴滴地撒娇："妈妈，哪阵风把您吹来了？我正好没吃早饭呢，你把饭盒放下就行啦！我那位室友啊她出去买煎饼了，她不喜欢家里有别人，她回来还要安安静静地背书呢，所以妈妈，你待一下就赶紧走吧！"

　　"好好，让我看看你还不行吗？这个房子啊挺好的，你还真是幸运呢！"妈妈看完我的屋子，又到木头的屋子转了一圈。

　　"对了，等到高三开学了，我和你爸爸就要出差了，大概要好几个月才回来，所以提前把过冬的衣服给你送过来了，你看这件毛衣，是妈妈刚织好的，你最喜欢的紫色，怎么样？我帮你放到衣柜里吧！"妈妈从大袋子里掏出一件紫色的大毛衣，上面有很多可爱的毛球球，要在平时我早就尖叫起来了，可是现在，我却多么希望她拿出来的不是衣服啊！

　　"你的衣柜呢？"她走到我的屋子里没有发现。

　　"啊！我们是合用一个的！所以你放到我床上就行啦！"我赶紧去拿袋子。

　　"不行啊！我还不知道你的性子啊，什么东西放到床上一会儿都不成样子了！"她一边说，一边往木头的屋里走。

　　我赶紧跑到衣柜前面挡住，故作满脸欣喜的样子："妈妈，不然这样吧，我先试试！我看着太好看啦！快点给我试试吧！"我一把抢过来就往头上套，那可是7月啊！窗外的太阳已经升起，立马就要将它炎热的魔爪伸向家家户户。

　　"好看！真好看！"我大声叫着。

　　"我就说你一定会喜欢的，你爸爸还不信，说这紫色太亮了。行了，我也要去上班了，你以后注意安全，记得好好学习！"妈妈临走还不忘嘱咐一下。

　　我点头如捣蒜，心里高兴极了，她终于走啦！

　　"阿嚏！"什么？！这声音明明就是从我身后的衣柜里发出的，是木头！他没事打什么喷嚏啊！他不会忍一下啊！

"啊嚏！啊嚏！啊嚏！"我立马大声连着打了三个喷嚏,以掩饰我身后的傻木头。

"宝贝儿,你没事吧?"妈妈踅身走向我,拍拍我的头。

"没事!是毛衣上的毛线刚才碰进了我的鼻子,太痒痒了。"我随便搪塞道,这种谎话都能编得不动声色,以后我真是有当演员的潜力了。

"没事就好,我走了。"

"嗯嗯,妈妈再见!"

听到高跟鞋渐行渐远的声音,直到消失,我的心终于放下了。

"木头!傻木头!快出来吧!"我打开衣柜的门,看见他高高的身子蜷成一团,真是委屈他了。

"你没事打什么喷嚏啊!"想起刚才尴尬的一幕,我突然冲他吼道。

"要怪就怪你衣柜里那股刺鼻的香味!什么破香水啊!闻着让人想吐!"他钻出来,用他那狗鼻子到处乱嗅,然后做呕吐状。

"我哪有什么香水!是体香!知道吗?我是香妃娘娘转世!看见本宫还不快下跪!"我仰着脑袋,白了他一眼。

他拍拍胳膊,又拍拍腿,好像沾上了什么秽物,然后一仰头,躺倒在床上。

"我的美梦啊!就这么被你破坏了!"

"都这么晚了你再不起床,一会儿上课又要迟到了!"

"真是的!什么破学校,暑假才歇了几天啊?掰着手指头都算得过来,还不如连脚指头一起算上呢!抠门!"他抓起我的小笨熊往地上一扔。

"喂喂!你怎么把我家孩子扔到地上啊?真是不讲理!"我赶紧去捡。

"你不热啊?怎么还穿着那件恶心的毛衣?真是什么眼光啊女人都!"

我才发现自己忙得竟然都忘了,怪不得一弯腰感觉头很疼呢,原来

有点中暑,我"哼"了一声,走进了我的屋子。

脱下毛衣,叠整齐,放到一边,抬头看看窗外的天空,蔚蓝蔚蓝的,难得的好天气,我们却要在补课的路上奋斗,顶着骄阳,踏着滚烫的大地,背着沉沉的书包,艰难地迈着步子……如果可以一直这样躺着多好啊……"咚"的一声,我只感到头昏昏的,有点疼,像有万千只蚂蚁咬噬我的大脑。

"我把你的孩子们都抱过来了……啊!蔚蓝,蔚蓝你怎么躺在地上啊!"

我努力抬起眼皮,看见木头把我的毛绒玩具们往床上一抛,就蹲下来,摸摸我的头,我感到他的手冰凉冰凉,很舒服。他把我抱到了床上,去冰箱里拿了一根冰糕敷在我的额头,他把空调的温度调低了几度,走出了屋。

歇了一会儿,感到好多了,我看见他端着妈妈做的早饭不动声色地坐在我的旁边,像是在说,你要是饿了的话,随时来吃。

时光突然回到了很多年前的那一天,你端着那碗用沙子和树叶做的炒饭,上面还撒着辛辛苦苦偷到的红色砖面做的辣椒粉,对我说,不好意思,饭做得太晚了,你早已饿极了吧。

我的眼泪突然流了下来,顺着脸颊一直流到脖子里,几乎被我的体温蒸发掉。

傻木头,我的傻木头,你永远是我的保姆傻木头。

六

空调的冷风吹得人直打哆嗦,我穿着单薄的白色雪纺纱连衣裙,还有青色的小碎花点缀其间,头发挽成一个发髻,别上蝴蝶结的发卡,活泼可爱。

数学老师正在讲解一道很难的题,下午第一节课听得大家都昏昏欲睡,庄帅的纸条就是这个时候传到我的桌子上的。

"下课后,我在门外等你。"清秀的小楷,真是他的风格。

我抬头看着他的后背,他将笔插在耳朵上面,突然扭头冲我笑了一下。

我的世界瞬间颠倒。难不成他是被我的歌感动了?可是我是匿名点的歌啊,利用广播站的关系,在他被那女生拒绝那天,替他点的《最亲爱的你》。难不成是被我的所作所为感动了?这个还说得过去,每天来得早早地帮他擦桌子,收拾桌斗里的零食袋,打比赛的时候免费当拉拉队队长,再送上一瓶水和一包纸巾……

我心上的小苗子就要长大开花啦!

我激动得手心里全是汗。下课铃终于打了,我故意慢慢地写完最后一个字,然后收拾好笔袋,推开椅子,故作矜持地带着好奇疑惑的青春面容走了出去。

刚踏出班里的门,胳膊就被人一把拽住,庄帅不顾一切地带着我穿过走廊,本来就狭窄的走廊加上下课后人群的拥挤,令我们俩不时地肌肤接触,我的脸瞬间通红又通红。

"哇!庄大帅哥竟然拉着蔚蓝的手!"

"是啊是啊!他们是要干什么去?咱们也去看看吧!"

一群花痴的尖叫。庄帅这举动估计毕业之前会一直流传着,也许毕了业还会被学弟学妹们接着演绎,编成一个个纯情校园小说中的桥段。

"你要带我去哪儿?"我被拉着上了好几楼的台阶,累得气喘吁吁。

"等下你就知道了。"他依旧用那么温柔的让人能够融化的语调。

我们到了学校最高处的天台,身后不知什么时候围满了看热闹的

人。庄帅像变魔术般从身后拿出一大束百合花，白色的镂空包装纸妥帖又完美，和他身上穿的黑色半袖衬衣搭在一起，令人有置身于童话故事中的微醺。他单腿一跪，将花递给我，说了句："嫁给我吧！"声音不大不小，却引来了一连串的尖叫声，她们比我的热情都高，激动得一直在周围叽叽喳喳。

果子凑到我的耳边："我们在玩寂寞家族的游戏，班里就你没有配对了，你们小的时候不也是扮演爸爸和妈妈的吗？哈哈！"

"接受吧！"

"接受吧！"

…………

我轻轻地伸出手，百合的清香扑鼻而来，我给了他一个微笑，然后抬头看向天空，蔚蓝，你真的等到了属于你的幸福，只是这幸福来得太突然。

我回到班里，果子递给我一张纸，上面是一个家谱，其中的一个小树枝分成两边，一边写着蔚蓝，一边写着庄帅。

而最下面，我看到了木头的名字和身份，他还是保姆。

像是从小就被命运注定好了一样，你在哪个位置，谁也变不了。

真的是这样吗？

七

以后的每一天，我们都像真正的情侣一样，他每天都送我回家，给我讲好玩的笑话，有时候看着木头孑然一身走在路上的落寞身影，还是会有点难过，不过时间长了我都习惯了。

毕业后，我们寂寞家族的一群人浩浩荡荡地去海世界游泳，庄帅一直站在我的旁边，因为我们是一家人。

我不会游泳，就坐在八字圈上面，冲浪的时候，大家挤到警戒线边，我死死地拽着庄帅的胳膊，生怕一不小心我就被浪打了下来。慌乱中，我的泳镜丢了。

风平浪静后，我着急地说："刚才浪太大了，我的泳镜丢了。"

大家沉浸在激动过后的轻松中，完全没有人理会我，这个时候，庄帅突然说："我带你去个好玩的地方。"就拉起我的手，像一年前的那个夏天，不顾一切地往前走。

感受水由浅入深，我的身子慢慢浸入其中，直到没过胸口，没过脖子，脚踩不到底，才感觉到了死亡的步步逼近，喘不上气。我死死地抓着扶手，庄帅在一边安慰着，马上就到了。

一米六……一米九，两米……

突然想起电影《搜索》里的一句话：如果你想爱上一个人，就和他去玩蹦极。而此刻，我只想说，如果你想让一个人爱上你，就带她去深水区。

"我……好难受……"我强迫自己的脸浮在空气中。

"你想不想感受一下被水没过的感觉？像这样……"他慢慢地向下沉，直到只能看到他黑黑的短发。

我伸开扶手，也感受自己的身体向下沉，没有泳镜的我只能闭着眼睛，却好像看到了水下的一切。

突然，我感到自己的肩膀被人轻轻地抓住。

庄帅，他吻了我。

我惊讶地睁大了双眼，却只看到他那对长长的睫毛。

一紧张便呛了水，我赶紧下意识地去踩地，却发现够不到。我一直扑腾扑腾的，他将我举起来，水顺着头发流了下来。他伸手帮我擦去脸上的水，微笑地看着我。

喇叭里正好播着那首歌《最亲爱的你》，那一秒，是我最幸福的时刻。

八

泳镜最后找到了，是木头递给我的，那个时候他冷得一直打哆嗦，嘴唇发紫，像是生病了一样。但是我不知道为什么。

我看着他的小眼睛，摘了眼镜后好像更加迷人了，竟然想起《甄嬛传》第四十八集中，允礼为了给甄嬛退烧时用的办法，躺在冰天雪地里，将自己冻僵，再用冰冷的身体降低甄嬛的体温。那个时候哭得一塌糊涂。

只是不知道，我为什么会想到这个。

因为父母出差，出租屋的日期还没有到，所以我们依旧回到了那个合租的房子，累了一天，我躺在床上给果子发短信。

"果子啊，你说今天的事，是不是我在做梦？"

"本宫可要劝姐姐一句，庄帅在初中的时候谈过好几次恋爱，而且他外号'花心大萝卜'，你还是小心点为好。"

"明摆着嫉妒嘛，哈哈！"

放下手机，我开开门，去厨房倒了杯水。看到木头的门开着，我好奇地走了过去。

他又在电脑前，戴着耳麦，那么认真的侧脸。肯定是打梦幻了吧！我想吓他一跳，就蹑手蹑脚地走了过去。

我站在他的背后，发现他正在和庄帅聊天。

——说说你今天在深水区干了些什么好事？我可都看见了。

——没什么啊。

——还装，我都看得一清二楚的，你是不是真心的？是不是？！

——因为寂寞家族啊，我们是一家人，都是游戏而已，有什么好大惊小怪的。

——游戏？！那可是她的初吻啊！她从来没有恋爱过你知道不知道？你这是欺骗她啊！

——你有什么好生气的，我上次带了四个去呢！

——你这丫的，你找死啊！

——你再说！关你这个死木头屁事！

我看到他将拳头恨恨地砸在了键盘上，我一惊，杯子没抓稳，滑到了地上，碎了一片。

我的泪在脸上，也碎了一片。

他扭头，我看到了他那张愤怒的脸，见到我后，露出了难堪的笑。他把笔记本一合，转身走到我身边，说道："他不值得你掉眼泪。"

我"哇"的一声，像个孩子般哭出了声。

原来这一切都是我在自作多情。我在泪眼模糊中明白了书中的那句话：你恋爱了，只是你爱的人有时并不真的存在。他可能只是一堵无辜的白墙，被你狂热地把你心里最向往的爱情电影，全部在他身上投影一遍。

我喜欢了你整整十年，可是只能在游戏中才拥有被爱的感觉。从小时候的过家家，到长大后的寂寞家族，都是游戏，游戏而已！是我太认真，还是游戏，他太随便？"还记得你说，每次一抬头看向天空，都会想起你的名字，蔚蓝，蔚蓝。还记得你送我的草戒指，你说长大后我一定娶你。"我太天真，把这一切都赋予了美好的含义，在你眼中，那不过是玩玩而已。

木头走过来，抱住我，我连他的肩膀都不到，就在他怀里，肆无忌惮地哭着。

我擦干眼泪，看着他，他又穿了那个有着迪达拉头像的男生白色T

恤，又高又瘦，像个电线杆，贴满了我的小广告。

"你到底是怎么知道我们在深水区的？"我问他。

"帮你找泳镜的时候，在水下无意看到的。"

原来，他为了给我找泳镜，一直在深水区游了很久很久，直到自己浑身发冷，嘴唇变紫。就像十年前在大院子里，我看到他跟跟跄跄走过来的身影，他为了找辣椒面，把脚砸得流了血。

原来幸福一直在我身边，只是我却被游戏蒙住了双眼。

九

很多天后，我打开微博，无意中看到一个名叫"蔚蓝色的傻木头"，头像是一截染成蓝色的树桩。

为什么我永远都只是保姆？因为我想永远在你身边照顾你。我就是那么傻，就是像木头一样呆头呆脑的。可是，只要能让你开心，我愿意永远做你蔚蓝色的傻木头。

我永远的蔚蓝色的傻木头，你还真是傻呢。

我一边笑一边哭着。

奶茶先生和白面书生

一、叛逆的奶茶先生

在他身上，用什么形容叛逆的词语都不为过。

每天都穿各式各样奇奇怪怪的衣服，宽宽的兜风的外套，肥大的牛仔裤，上面像被油漆涂得满满当当，看不清的奇形怪状的图案。他的头发好像永远也梳不整齐，凌乱得如被风吹过，蓬蓬松松像一个鸟巢。

他瘦削的侧脸，在阳光的照耀下，是那么的神秘。刘海儿永远遮住半只眼，微微露出的眉毛是那么的浓黑。在他不笑的时候，看上去给人一股冷飕飕的感觉，仿佛是冰做的，其实只有莫小爱知道，他只是面无表情罢了，他笑起来，就像阳光一样。

他逃课、打架，爱搞恶作剧，不学习、抽烟、喝酒……几乎坏孩子所有的毛病，他都有过。

只是他从来没有在莫小爱面前这样过。他会给她买棒棒糖吃，哪怕

是下着大雨,他也会不顾一切地将她想要的东西买回来。他会在天凉的时候,送一条漂亮的丝巾给她。他每天乘公交车到她家门口,然后两个人一起坐车去上学。

当他第一次在班里遇到莫小爱的时候,坐在她的前面,她用很好听的甜甜的声音问他:"你叫什么名字? 我叫莫小爱。"

他扭过头来幽默地说:"回小爱小姐,本人行不更名坐不改姓,我叫庄嘉识。"说完这句话的时候还回了一个很夸张的微笑。

莫小爱"扑哧"一声笑了:"庄嘉识? 哈哈,倒过来就是石家庄啊! "

庄嘉识也不好意思地挠挠头,嘿嘿地傻乐。

莫小爱对他的第一印象还是蛮不错的,只是除了他比较个性的审美外。后来才发现,他是个问题学生,老师上课让他回答问题,他从来都是瞎说,气得没有任何老师喜欢他,每次见到他都躲得远远的,上课都觉得他像个钉子,总是在空气中猛地刺你一下,然后留下一阵生生的疼。

有一次,语文老师默写古诗词,班里竟然有人得了零分,所有的同学都将目光"唰唰唰"地看向庄嘉识,他仍然不觉得害羞,面无表情得仿佛对一切都毫不在乎,眼神仍然冷若冰霜。

下课后,老师将那张零分卷子贴到了黑板的一边,大家纷纷围过去观看,莫小爱也好奇地走了过去。

只是,她刚从人群的罅隙中窥到两句诗,就笑弯了腰。

天生我材必有用,老鼠儿子会打洞(千金散尽还复来)。

两情若是长久时,该是两人成婚时(又岂在朝朝暮暮)。

她再一看名字,庄嘉识,心里突然有些不舒服。

她快步走回座位,问他:"你为什么不好好学习? "

庄嘉识想了一会儿,摇摇头:"没有理由,就是不想学习。"脸上从微笑迅速转变成冷酷,让莫小爱突然打了个寒战。

"难道这样不好吗? 我看到你都笑了啊。"他继续说道。

"你是很有才，不过没有用到正地上。"莫小爱说。

他转过身，沉默了。

庄嘉识在班里不好好学习，或者说他的无知，已经家喻户晓，同学纷纷给他起了一个名字"NC"，意思就是"脑残"。

莫小爱可不喜欢这样叫他，NC 不一定都代表脑残呀，于是又经过她改编，决定每天叫他"奶茶先生"。

"奶茶先生，今天放学我还有点事，你一个人先回家吧。"莫小爱抱着一摞书，冲庄嘉识挥挥手。

"好吧，但是你要注意安全。"他背上一个单肩书包，走出了教室，背影那么颓废。

莫小爱是课代表，放学后要去上交自习课的作业，她与庄嘉识在老师的眼里，就是天上和地下。

天已经很晚了，办公室里只有几个正在收拾东西的老师，莫小爱将一摞作业本放到办公桌上，长长地舒了一口气，她一边揉着酸痛的胳膊，一边往门外走。

刚迈过门槛，"哗"的一声，一摞子书就倒在了地上，原来是撞上了一个人，她赶紧蹲到地上捡书，连连说着对不起，那个人也跟着说没关系。

就剩下最后一本书了，莫小爱伸出手去拿，那个人也伸出了手，于是两个人的手碰到了一起，莫小爱的脸变得通红又通红。

最后还是莫小爱的手缩回去了，她一直没看到撞的是什么人，于是她抬起头，看到了他白净的脸。

那是一张多么精致的脸啊，像漫画中的美男子，栗色的头发，像麦穗一般垂到耳边，眉清目秀，高高的鼻梁，微微笑着的嘴唇。他穿着一件一尘不染的纯白衬衣，打着黑色的领带，深色牛仔裤，耐克的板鞋。

她看了一眼就呆在那里了。

"小爱,你怎么了？"他用手在她的眼前晃晃,问她。

"啊,你是那个……那个谁吧？"莫小爱一拍脑袋,突然想起来了。

"拜托,我就坐在你的后面的后面……"

"啊,对,你是那个,白……"

"白子夜。"

"啊对,就是篮球队的队长。"

"你终于想起我了。"

"呵呵,我的记性有点儿不好,平常总是学习都学傻了。"

他用手摸摸她的头,笑声如风铃般清脆悦耳。

二、暗恋白面书生

莫小爱从来都不怎么注意班里的男生,也从来不关注任何有关运动的东西,她是一个很喜欢安静的女孩子,喜欢看书,喜欢听音乐,喜欢唱歌。

可是自那以后,她每天都会去篮球场上看白子夜打篮球,有的时候碰到一个漂亮的三分,她竟然会跳得高高的大声尖叫鼓掌。

庄嘉识偶尔看到她,都会小声说一句:"花痴。"只不过这些莫小爱都不知道。

上课的时候,当莫小爱听到白子夜精彩的回答,就会由衷地为他赞美,他真是一个数学天才,她心里偷偷地想。如果看到庄嘉识又昏昏睡大觉,她的眉头都会皱成一团。

她开始每天放学在他的山地车附近转悠,就是为了制造一个偶遇,让他注意到她。

"这么晚了,你瞎溜达什么呢？不回家啦？"庄嘉识在莫小爱后面突然说道。

"啊,你吓死我了,没事,我就是想散散心。"莫小爱装作没事的样子。

"把心都散到别人身上了吧!哈哈!"庄嘉识取笑道。

"切。"莫小爱不理他,看见白子夜来了,就跟了过去。

"嗨,好巧啊。"莫小爱说道。

"哦,小爱啊,你回家吗?"白子夜一边开锁一边问她。

莫小爱心里说:"废话呗,当然回家了。"嘴上却笑成了一朵花:"嗯,不然我们一起走吧。"

"你是不是坐车来的?要不要我把你送到车站?"

"好啊,那谢谢你了。"

他们两个聊着天,从天上聊到地上,无话不说,非常投机,时不时传来爽朗的笑声。

可是他们不知道,后面还跟着一个人,耳朵里塞着 MP3,无趣地哼着歌。

那就是庄嘉识。

"你是不是喜欢那个小白脸啊?"庄嘉识在车上问正在拼命向白子夜招手的莫小爱。

"再见!"莫小爱不理他。

"喂,我问你呢,你是不是喜欢他啊?"他突然很大声地喊道。

整个车上的人都看向他们,庄嘉识有些不好意思了。

"你小点声会死啊,就是喜欢,怎么啦?"莫小爱理直气壮地说。

"那个小白脸有那么大魅力啊……"他撇撇嘴。

"以后你不许叫他小白脸!"她有些生气。

"那我叫他什么?"

"白面书生。"莫小爱想了会儿笑着说道。

三、奶茶先生狂殴大色狼

由于昨天晚上回家太晚，加上做作业熬到了十二点，莫小爱一大早赖床了。

"莫小爱，莫小爱……"迷迷糊糊在睡梦中听到有人叫她，她睁开惺忪的睡眼，明明没有人啊，爸妈都去上班了。

"莫小爱，莫小爱……"是庄嘉识的声音！

莫小爱一个激灵从床上坐起来，跑到窗前，庄嘉识正背着书包，两手张开大声冲她们家的窗户喊着。

"哎，你怎么这么早就到了？"她揉揉眼睛，还没有洗脸，上面沾满了眼屎。

"都快上课啦！你快点下楼！"他急得直跳。

"不是吧……"莫小爱抬头看看挂钟，嘴巴张成一个鸡蛋，飞快地穿好衣服洗好脸奔到了楼下，整个过程没到三分钟。

庄嘉识买了一个面包给她，公交车到了上班高峰，都是人，莫小爱好不容易才站稳，接着啃面包，吃得津津有味。

车很晃，莫小爱好几次没站稳，差点倒了，还好庄嘉识用他强有力的手臂扶住了她，他总是像她的大哥哥一样，处处关心照顾她，可是莫小爱竟然一点儿都没发觉，只是一心想着怎么向白子夜表白。

"难道要给他写情书？可是这多俗啊。递纸条？万一让别人看到了多不好。直接当着面说？这也太不好意思了吧……"莫小爱在心里想了无数个表白方式，都被她一一否决。

就在她想问题的时候，公交车上来一个中年男子，戴着一顶褐色的帽子，看不见脸，他一直往里面挤，到了莫小爱的旁边停了下来。

人很多，莫小爱想往别处站站，她实在受不了"人肉"的味道，可是挪不开脚。

车一晃，她总是感觉有人碰她的身体，起初觉得这是正常现象，人太多了难免"肌肤接触"，可是当她看见那个神秘男子，对她露出猥琐的笑容时，她意识到自己的处境相当危险，于是她伸出手拽了拽庄嘉识的衣衫。

庄嘉识看到了她尴尬的神情，又看了看那个男子，顿时明白了。

他一个拳头就砸到了那人的脸上。

血顿时从那人的鼻孔里流出来，他捂着自己的脸，嗷嗷直叫。

"你这个大色狼，以后要是再敢动我的女朋友，我绝不饶你！"庄嘉识狠狠地说完这句话，就拉着莫小爱的手下了车。

还好离学校不远了，时间也来得及，我们在路上说着大色狼受伤的表情，都笑了起来。

"你刚才见义勇为的样子真帅，你不知道，全车的人都看你呢。"莫小爱赞美道。

"呵呵，我一直都是他们关注的焦点。"

"那个大色狼真是太坏了，我以后都不敢坐车了。"

"放心吧，有我在，你绝对不会有事的。"他拍拍胸脯，像一个英雄。

"对了，你说的那句话，什么再敢动我的女朋友？"

"啊，学校到了，咱们快点儿走吧，不然该迟到了！"他突然拉起她的手，朝校门口跑起来。

莫小爱也跟着狂奔起来，只是嘴角微微露出了一个不易察觉的微笑。

四、你永远也抚平不了我受伤的心

下了晚自习，大家都收拾书包离开了教室，白子夜一个人在教室的

后面拿着篮球转,莫小爱在旁边笑着鼓掌。

"你教我打篮球吧,我一点儿都不会。"莫小爱走到他旁边说。

"行啊,这很简单,你看我啊。"他做了一个投球的姿势,她发现他长得可真高,又高又瘦,还有许多肌肉。

"这个简单啊。"莫小爱不屑地说,然后将球抢过来,投给白子夜。

他们两个在后面传球传得不亦乐乎,庄嘉识在教室外面一直等,等到他的心都快要凉了。

第二天上学,班主任围着教室看着大家早自习,突然发现后黑板上有一条裂缝。

"同学们注意一下,"大家都扭过头,看着黑板。"这里怎么会有一条裂缝?"

全班哗然,一片争论之后,又安静下来。

莫小爱的心"咯噔"一声,昨天晚上他们两个传球,白子夜传给她的时候没有接到,球就重重地砸在了后黑板上,当时什么痕迹也没有,莫小爱也就没有在意,谁知道竟然会有条裂缝。

她看向白子夜,他的头埋得低低的,看不清表情。

"是谁干的?我希望他勇于地承认错误。"班主任的声音愈加的严厉,声音提高了八度。

全班沉默,莫小爱的脸变得很红。

"是谁干的?"

还是没有人说话,但是莫小爱能够感觉到,老师的眼神是看向庄嘉识的,因为他是班里最调皮的学生,谁都会怀疑到他。

"当着这么多同学的面可能有些不好意思,我希望他主动一些,将修理黑板的费用装在信封里面送到我的办公室去,可以不署名,我原谅他一次,但绝对不能有下一次。好了,上课吧。"

莫小爱舒了一口气,她看看白子夜,还是低着个头,看不见表情。

她想："他一定会感到愧疚的吧，不管谁都不希望这样的事情发生，也不会有人当面承认的吧。"她这样安慰自己。

就这样，忐忑不安地上了一上午的课，莫小爱终于鼓起勇气，找了个没人的地方问白子夜："你打算怎么办？要不然就把钱放在桌子上吧，也没多少，咱们两个凑凑。"

他皱着眉头，说："这多不好，万一让别人看到了，我以后怎么办啊……"

莫小爱沉默了一会儿，说："不然我帮你吧。"

白子夜的眼睛里突然有什么在闪烁，他突然抱住了她，然后轻声说了句："谢谢。"

莫小爱瞬间被温暖了，之前的所有顾忌都消失得无影无踪。毕竟他们都是老师最喜欢的孩子，品学兼优，德智体美劳样样都是最棒的，出了这样的事，好像会很有损于面子，可是莫小爱为了他，还是决定了。

白子夜给了她一百元钱，她装在信封里，想趁下午放学的时候送过去。可是离放学的时间越来越短，她的心里突然打起了鼓："明明不是我的错误，为什么我要去呢？如果真的被别人看到，他们会怎么想我？以后我就不再是乖乖女了……"

她突然想起了庄嘉识。

"那个，我想求你帮我一件事。"莫小爱的语气带着哀求。

"说吧。"他冷冷地说。

"你能不能……帮我把这个信封……放到班主任的办公桌上？"

"那个黑板是你弄坏的？"他反问她。

"不是……"她小声说。

"那你有病啊？"

"是白子夜……"她的头低了下去。

"不帮。"他冷冷地一口回绝。

"求你了,现在大家都怀疑你,况且你捣乱也不是一次两次了,不会有人在意的,如果要是让他去的话,老师该怎么看他啊？对吧,你就帮帮我吧,啊？"莫小爱讨好地撒娇,说完这话的时候,她突然感到自己很无耻。

"男子汉一人做事一人当,他这样像什么啊！缩头乌龟吗？"他的眼睛红红的,气愤地说道。

"算了吧,我知道不会有人去的,还是我去吧。"莫小爱眼神一瞬间黯淡了,含着泪说道。

两人都沉默,庄嘉识突然将信封抢过来,径直走向班主任的办公室。

莫小爱的泪,在一瞬间绝了堤。

黑板最终焕然一新,裂缝不见了,消失了。莫小爱始终对庄嘉识充满了愧疚与感激,庄嘉识在日记本上写道:你永远也抚平不了我受伤的心。

五、"网吧门"事件

从那以后,庄嘉识变得沉默,不和任何人说话,也不和莫小爱一起上下学了,莫小爱以为他是在赌气,过一阵子就好了,却不知道,一场潜伏在黑暗之中的灾难即将来临。

那天清晨,风平浪静,莫小爱像往常一样坐上公交车,突然感到心里一阵紧张,手心也顿时沁满了汗水,一种不祥的预感涌上心头。

她以为是自己学习学得大脑有些不正常了,下了车,碰见了她的一个好友。

"你知道吗？昨天听住宿生说,庄嘉识在网吧里打游戏被班主任给得到了。"

"啊,不是吧,他去网吧了？"莫小爱的心一沉。

"嗯,还是当场被抓住的,都快深夜十二点了。"

莫小爱突然向班里跑去,却看到他的桌子上很干净,桌兜里空空荡荡,连漫画书都没有了。

她坐在自己的位置上,失魂落魄。

她安静地看着书,却一个字也进不到脑子里,"难道他真的不来了？他不会再也不来了吧？他为什么要逃课去网吧啊？他真是个傻子……"她在心里骂着。

她以为他再也不回来了,可是就在上课铃响前一分钟,他出现在教室的门口,身后站着老师和他的妈妈。

他的眼睛又变得红红的,他的嘴唇在动,莫小爱看他的口型,是在说:"放学我等你。"

她伸出小拇指,他也伸出小拇指。隔着遥远的距离,两个人拉了钩。

每当他们之间遵守一个约定的时候,都会拉钩,然后一起喊那句烂熟于心的小孩子都会说的话:"拉钩上吊,一百年不许变！"

此刻,莫小爱的眼睛中,有一颗晶莹的泪落了下来。

莫小爱不知道,庄嘉识一直都喜欢她,她却总是把他当成大哥哥,理所应当地接受着他给她的一切。

莫小爱不知道的事情还有很多,她不知道,他那天在办公室里被老师狠狠地骂了一通,却紧闭嘴巴无论如何也不说一句话。

她不知道,他有一天在路上被那个大色狼报复了,他被打得鼻青脸肿,她却以为,他又和同学打架了。

她不知道,他几天前伤心得每晚都去泡网吧,只是为了排遣一下心中的烦恼。

她不知道,他的父母离了异,他跟着妈妈一个人过,他从小就受大家的歧视,所以才变得那么叛逆。

他以为，他遇到了她，就可以被改变。

可是她却一次又一次地伤害着他，为了另一个人，她竟然变得那么无耻。

他不在乎，只因为，他一直都喜欢她。

六、我会一直等着你回来

放了学，莫小爱就冲出了教室，她来到校门口，看到他靠在一棵树前早已等了很久。

他换了一身衣服，干净的白色 T 恤、黑色的牛仔裤、一双运动鞋，他的腿好长好细，以前肥大的衣服根本显不出他的身材。他的头发不再乱蓬蓬的，有些零碎的发梢。他的眼睛好大，以前总是被头发挡着看不清，他的睫毛是那么弯那么长，眼神温柔如水，完全不像他了，又或者，这才是本来的他。

"庄嘉识"，莫小爱故作轻松地喊他。"你来了很久了，我们刚放学。"

他突然走过来，抱住了莫小爱。

她感到，他在哭，有泪水打湿了她的肩。

"以后我就见不到你了，妈妈给我办了退学手续。"

"为什么？因为你不遵守纪律？是学校让你走的吗？"

"不是，我妈妈说，在这里只会耽误我的青春，我要到国外去发展了。"

"哦，那你还会回来吗？"

"也许会吧，但你一定要答应我一件事。"

"嗯。"

"不要和白子夜交往，他不是个好男孩。"

"为什么？"

"不要问我为什么，这是忠告，你说会答应我的，一定要遵守诺言。"

莫小爱只能拼命地点头。

"奶茶先生，我会等着你回来的。"莫小爱哭着说。

庄嘉识走了，离去的背影再也没有回头。他怕她看到他的泪，他怕自己会破坏了他在她心目中的形象。莫小爱望着他的背影，坐到了地上，放声大哭。

七、泪湿了花，你还没有出现

日子平淡如水，从指缝中滑落。莫小爱抓住了什么，又丢掉了什么。

她最终还是忘记了白面书生，虽然看到他和别的女生在一起了，心里还是有那么一些不舒服。奶茶先生说得对，白面书生并没有给她带来快乐，他原来一直都拿自己当作玩偶的，想起来的时候就玩一玩，想不起来就丢到一边。喜欢他的人很多，她算老几呢？

她将所有的心思都用在了学习上，高考出人意料的高分，之后的暑假，她一直宅在家里，她每天望着窗外的树，还是会想到曾经有一个男孩每天早晨靠在那里，等着自己下楼。她看到来来往往的公交车，还是会想到，曾经有一个男孩，对大色狼说，不准动我的女朋友。

奶茶先生，你现在在哪儿？又在做什么呢？

我可是一直在家里等着你呢，我等着你喊我的名字，我等着你说快要迟到了，我们快点上学吧……

莫小爱想着想着，泪就打湿了窗台上的花。

可他还是没有出现。

我和初恋不打不相识

一

天气预报总是这么坑人，说好了今天晴天的，怎么云彩突然从天的那一边大军压境般地冲了过来，我扭头看着窗外的乌云，还有在一瞬间哗哗的大雨，心凉了半截。

我的房子啊！昨天刚刚用好不容易才从讲台偷来的白色粉笔画在操场一隅，今天打算一下课就去玩跳房子的，现在看来一切都泡汤了。我沮丧着脸，咒骂着窗外的大雨。

"老师，莫小爱同学不好好听课，她又'走私'了，总是往窗外看。"

我一惊，立马坐正，双手叠在一起放在桌子上，同时用眼睛斜了一眼正站得直直的居高临下俯视我的猴子同学，一脸得意的样子，看来我的沙包没有白带，下课后我砸死他。

因为死猴子的报复，我被罚了一节课站着不让坐下，我一边站着一边将咒骂天气的心情全部转移到他身上。期待了很久的下课铃终于响了，我狠狠地用沙包冲着他的后背就扔了过去，看着他疼得哇哇大叫，我的气总算消了大半，我从书包里拿出一把小花伞，径直出了教室。

校园里的高墙随着我们的开学被换成了黑色的镂空花栅栏，我坐在走廊的台阶上，看着街上来来往往的行人，想起猴子前几天写的作文里的一句话："一个个红红绿绿的伞就像一个个五颜六色的蘑菇。"老师说："这个比喻很新奇，作为一年级的新生是很难得的，希望大家都向吴子豪同学学习。"我嘴一撇，扭头看着他："红红绿绿是只有红色和绿色，怎么可能变成五颜六色？那是花花绿绿，白痴！"我用铅笔敲了他的脑袋一下。

"莫小爱同学，虽然你写不出来这样的句子，但是你也不能嫉妒别人。培根曾经说，嫉妒是一种软弱的傲慢。艾青也说过，嫉妒是心灵上的毒瘤……"我成功地成为教育全班同学的反面典型，那堂课上得可真是深刻，我看着猴子拧成一团的坏笑，真想找个东西塞住他的嘴。

远处走来一对情侣，两人合撑一把伞，男的搂着女的腰，就像电视上正热播的《情深深雨濛濛》中的男女主角一样，令人羡慕，要是以后也有一个这样温柔体贴的男生来呵护我多好，我不禁微微笑了。

可是这沉浸在幻想中的一笑竟然被猴子窥到了，他立马钻到我的伞下，和我并排坐在一起。

"看见帅哥了？"他一边吃着五香麻辣条一边傻乐。

"瞎说什么呢。"我白了他一眼。

"不然你怎么笑得色眯眯的？"他继续穷追不舍地问。

"谁说的谁说的？再说了，哪有什么帅哥！"我双手叉腰冲他叫道。

"我不就是啊！"他突然哈哈大笑起来。

我一把抢过来他的五香麻辣条："见过自恋的，没见过你这么自恋的。"

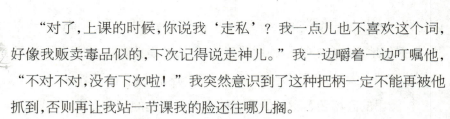

"对了，上课的时候，你说我'走私'？我一点儿也不喜欢这个词，好像我贩卖毒品似的，下次记得说走神儿。"我一边嚼着一边叮嘱他，

"不对不对，没有下次啦！"我突然意识到了这种把柄一定不能再被他抓到，否则再让我站一节课我的脸还往哪儿搁。

他就是在这个时候捧住我的脸的，那个时候我梳着两条大辫子，一边扎着一个蝴蝶结，有几缕很长的刘海儿遮住了眼睛，他用手将我的刘海儿拨开，轻轻地亲了一下我的嘴。

我的眼睛快瞪出来了，周围充斥着浓厚的五香麻辣条的味道，吓得我都忘记怎么嚼了。他说："你嘴上有一个芝麻粒！"然后就转头跑回班了，还不忘回头对我做一个大大的鬼脸。

我呆呆地坐在原地，听着上课铃急促的响声，一时竟然没有动弹。

真应该臭扁他一顿！我一边想着一边往教室走去，攥着袋子的手紧紧的。

"莫小爱同学，你怎么又迟到了？上课铃打完都已经好久了，这节课你站着好好反思一下吧。"

我安安静静地回到座位上，把五香麻辣条放在桌斗里，看见猴子低着头假装看书，因为课本是反着的。

我拿出语文书没有坐下，猴子突然也站了起来："老师，刚才我们在操场上看到一只被雨淋湿了的流浪猫，我们觉得它很可怜，就想给它买点吃的，莫小爱不仅自己出钱买了一包五香麻辣条，而且还帮着它找家，所以就来晚了。"

猴子说完，我看到老师那赞许的微笑，于是那堂课，我侥幸逃脱了站着的噩梦，可是坐下后，却再也没有勇气面对猴子那双大大的眼睛。

二

刚迈入幸福路小学大门的时候,我的右胳膊用绷带挂着,暑假里玩捉迷藏,马上就要摸电的时候跑得太急了,一个前扑就趴在了地上,我还很得意,我用手支住地啦! 就听见骨头嘎嘣嘎嘣脆的声音,我哇的一下子就哭了。

老师领着我进班的时候,把我安排在了吴子豪的旁边。

"你这名字起的真奇怪。"我用左手把书包放到桌子上。

"怎么奇怪了?"他抬起一张充满疑惑的脸。

"吴子豪,我自豪,你自恋吧? 哈哈……"我大笑道。

"你才自恋呢,穿着一条黑裙子,还那么多亮片片,你以为你走模特啊!"他指指我穿的那条新买的裙子。

"我就是走模特怎么了,你个小矮个,想走还走不了呢!"我看着他比我矮半头的身高。

"我怎么挨着你这个残疾人,真是晦气,离我远点儿。"他摆摆手,像扫大街一样把我从他的视线里扫走。

"你才残疾人呢!"我刚想抬手打他,却疼得我哇哇直叫。

那个时候我们的战役就开始打响第一枪,三八线是他画的,因为我的右手动不了,但是他总是出线,还故意碰我绑着绷带的右臂,我还不了手,心里气得很,就开始骂他,溅得他一脸唾沫星子。

"你是不是又吃五香麻辣条啦! 真是好难闻啊!"他伸出鼻子像狗一样地嗅着空气。

"切,你要不要也尝尝?"我拿出一包递给他。

他吃了一根后,便每天一下课就跑到小卖部,挤在一群小朋友中努

力跳着,希望以此来弥补他的身高,一边跳着还不忘挥着五毛钱大喊:"阿姨阿姨!要一包五香麻辣条!"

我们的日子就在水深火热当中度过,每一天都是狂风暴雨电闪雷鸣。

"你出线啦!"我用左手拿着铅笔头刺他。

他抓住我的马尾辫使劲拽。

"啊啊啊……疼死我啦!"我突然很大声地叫道。

正在黑板上写汉字的老师警觉地扭头看向我,同时也看到了吴子豪的暴行。

很开心他被罚站一节课,我暗自窃喜,不过他好像一点儿也不在意,我看见他把右腿往屁股底下一盘,上半身依然挺得直直的,从前面看根本不知道他是坐着。

真是聪明的家伙,这样都能蒙混过关,于是这招我也学会了,但他每次都报告老师,结果我被罚得更狠。

两个月后,我的胳膊痊愈了,我穿了一身白色碎花裙子,激动地摇着胳膊,吴子豪见了嘴巴张得大大的,像看外星人一样看着我。

"你这个泼妇竟然还有这么淑女的一面?"他环视我一圈说道。

"你才泼妇呢!"

"看看,我就说嘛,狗改不了吃屎!"

"你……你真是……"

"真是什么?"

"真是大坏蛋、大笨猪、大白痴、大傻瓜!"

我拽住他的耳朵使劲往两边拉,他的耳朵每天就是这样被我拽大的,以至于以后很长一段时间里,他都被同学忘记了真名而改叫大耳朵图图。

我从书包里掏出我的蝴蝶风筝,胳膊挂了那么久都痒痒了,我一溜烟跑到操场上。

本来就不娴熟的技艺再加上一阵又一阵没有规律的乱风,吹得我的风筝摇摇晃晃,不到一会儿就挂在了树枝上。

我在树底下又哭又闹但无济于事,吴子豪不知从哪个土地公家里冒出来,一个箭步跑到树下,蹭蹭蹭就爬了上去。

他下来的时候,怀里抱着那个可怜的破了一个大洞的蝴蝶风筝,他擦擦汗,微笑地递给我。

我惊讶得一句话也说不出来。

"等等",我回过神儿来,"谢……谢你啊。"我半天才吐出这四个字。

"谢我?那以后不要再叫我笨蛋白痴了。"

"那叫你什么?"

"叫我豪豪吧!"

"叫你猴猴还差不多,爬树爬得这么快。"

"行!就叫我齐天大圣孙悟空!"他拍拍胸脯,骄傲地说道。

"这个死猴子……"我小声嘟囔,心里却还是很感激的。

不过以后的日子仍然没有任何改观,三秒钟一个白眼,五分钟一顿打嘴架,一个小时后开始动手。我们两个的故事在校园里流传着,因为不知道是谁先动的手,再加上我每次都掉眼泪,所以猴子背上了黑锅的罪名。

他被调开了,我也换了新同桌。我们之间,隔着许多小朋友。

安静了。

上课的时候,我看向我那个安静的同桌刘向北,戴着小小的眼镜,白色的一尘不染的衬衣,斯斯文文的,让人不忍心打扰。

我又望了一眼猴子,他趴在桌子上,无聊地用铅笔在桌子上乱画,然后呼呼大睡了。

突然觉得少了点什么。

三

放学铃一响，我们就开始收拾书包，其实放学铃还没响的时候，我就已经在准备了。

"莫小爱，和我们出去玩儿一二三四五吧！"猴子和他的新同桌站在我和我的新同桌前面。

他的新同桌叫李明，和我们英语课本上的人物名字一样，不知道Danny那个绿色的恐龙在哪里？

"不行，你有时间还是算一算数学题吧，今天上课讲的内容，我看你有几道还空着呢，我可以留下来教你，"刘向北扶了一下眼镜，看着我说，"简单的加减法，同样也是数字，算会儿题也会遇到一二三四五的。"

我倒吸了一口凉气，看着那坚定的眼神，我无奈地说："猴子，算了吧，你们先玩儿吧，等我写完作业再去找你们。"

他俩瞪了刘向北一眼，拉着手出去了。

我重新拿出练习本，用铅笔在木桌上打着草稿艰难地算着。

"十二加上三十四，是不是五十六？"好一会儿我才扭过头问他，他正在看一本故事书，竟然不是带拼音的版本。

"不对，你再算算。"他连头都没抬，就把我算了好几分钟费了好多脑细胞的成果否掉了。

继续艰难地算着……

"不行啊，怎么算都是五十六。"我擦擦头上的汗，快哭出来了。

他放下手中的书，把头凑过来，看着我的练习本。

"你看啊，一加三等于四，二加四等于六，所以答案是四十六。"他用铅笔在本子上娴熟地划拉着。

我若有所思地点点头，然后又摇摇头。

于是这一道题，我一直算到太阳落山了才弄明白。

看见猴子和李明满头大汗地跑回教室开心地大笑，我就羡慕嫉妒恨，他们玩的一二三四五可比我这个一二三四五好玩多了。

四

晴天，难得的大好晴天。还没下课，我的手就已经攥上了沙包。看见猴子冲我这边笑，我向他挥一挥手。他做了一个 OK 的手势。

英语老师继续讲述着丹尼和珍妮为李明庆祝生日聚会的故事，完全没有注意到下课铃已经打响，而我早已按捺不住内心的激动了。

铃铃铃，冲！

我趁着刘向北没有拽住我说你把今天的单词给我背一下的大好机会就跑了出去，随即还有猴子和李明跟在身后，我们三个一直跑到操场，看见我用粉笔画好的房子后，开始石头剪子布。

哈哈，我总是赢。于是我跳啊跳啊，越跳越激动，终于脚下一滑，磕破了膝盖。

"呜呜呜……"我坐在地上，顾不上白色裙子染上黄土，顾不上机器猫的小内裤会不会被别人窥到，我只知道，我的膝盖磕出血了。

一见血我就晕。我哭得更厉害了。

"李明，咱俩一边架一个胳膊，赶紧去医务室。"我听见猴子跑过来的声音。

我就像一个瘫软的洋娃娃，被他俩架到了医务室，消完毒，抹上紫药水，用纱布包好，我一瘸一拐地出来了。

那天阳光照在我的脸上，我看见裙子上的土已经被猴子拍干净了，我的心里突然像照进了阳光一样明媚。这个比喻要是让语文老师听见，

一定会在全班表扬我的。

"你俩对我这么好,真是铁哥儿们。"我第一次冲他俩笑得那么灿烂。

"岂止是铁哥儿们,是金哥儿们。"猴子说。

"对,是超级无敌金刚金哥儿们!"李明说的时候很有奥特曼打死小怪兽后得意的语气。

这个奇妙的组合就从此诞生了,我是超级无敌飞天小女警,猴子是超级无敌蜘蛛大侠,李明是超级无敌侦探柯南。我们对着小学旁边的儿童公园里的一棵树发誓,这一辈子都永远不分开。

公园三结义的故事又迅速蔓延开,主角总是我们,从小就有当明星的潜质,没人栽培真是可惜了。每当我们三个浩浩荡荡地走在操场上的时候,其他的小朋友总会投来羡慕的目光。

"我可以加入你们当中吗?"一位穿着粉红色裙子的可爱女生娇滴滴地问道,还不时回头看看他旁边的那群姐妹,羞红了脸。

"不行,这是要交会费的。"猴子双手在胸前一盘,仰着脑袋说道。

"啊?那多少钱?"小女生眼里出现了泪花。

"不多,只用每天一人一包五香麻辣条就可以了。"猴子突然露出了坏笑。

"可是妈妈总是不给我多余的零花钱……"小女生眼里的泪越积越多。

"你看你的脸啊,都成肉团子了,省出一顿早餐钱,就当减肥啦。"猴子怎么出这么馊的主意。

我一把拉住小女生的手,把她拽到了一边,劝她赶紧离开吧,猴子不是什么好东西,我们这个小团体的人数已经够多了,三个呢,是吧?

这之后,再也没有人打扰我们了,我们三个并排迈入校门,走在操场,穿过走廊……他们俩就这样走着走着变得越来越高,从比我高一个指甲盖到比我高一头,以至于很轻松地就能弹到我的脑门,我才意识到——

我们长大了。

五

每年的聚会都少不了我们仨,可是一点点细微的变化我都会记在心里。六年的小学毕业后又过了六年的一次聚会,是猴子的生日,大家一起在饭店庆祝。

李明穿着黑色的半袖衬衣、深色牛仔短裤、刚洗干净的白色板鞋,就被我不小心踩了一脚,留下了一个黑色的印记。

"哈哈,我可是第一个踩你鞋的啊!"我拍拍他的肩膀。

"希望也是最后一个。"他一边擦鞋一边无奈地说。

猴子穿着牛仔长裤、格子衬衣,一点不减当年的帅气。我坐在他的右边,李明坐在他的左边,时光好像倒回了十二年前,我们三个风风火火地并排走在操场上的样子,引来周围小朋友的一片唏嘘。

吃饭期间,真心话大冒险,啤酒瓶在中间飞速地旋转着,我们安静地屏住呼吸,瓶口转了一圈又一圈,最终指向了猴子。

"哈哈,真心话还是大冒险?"

"真心话吧。"

"说,你的初恋是谁?"

"啊?你们太狠了!"

他想了一会儿,轻轻地说了句:"莫小爱。"

然后我听见他凑到我的耳边,说了一句我永远也忘不了的话:"还记得那个吻吗?"

一年级,下雨天,单纯的、没有一点杂念的、美好的、永远也找不回来

的那个童年,那段友谊。

我以为,这一切会被我遗忘在心里最隐蔽的一个角落,没想到他还记得,或者,他一直就没有忘记。

这个两个人的不能说的秘密,暴晒在阳光下,散发着金黄色的光芒。

一瞬间,我想起了他揪我辫子被罚站时盘腿蒙混过关得意的样子,我想起了他故意出线碰我打着绷带的右胳膊看我疼得直叫然后坏笑的样子,我想起了他架着我去医务室焦急得流汗的样子。

我想起了那段友谊和那时单纯可爱的我们。

"我和初恋,不打不相识啊!"

斑驳一地的青春

一

大家都离开了,留下一地狂欢的狼藉。

黑板被无情地摘掉,露出了墙皮应有的白,四周被灰尘摩擦成一个永远也擦不干净的黑色边框。我想起了以前常戴的眼镜框，也是黑色的，黑的严肃与寂静。只是后来被一个胖同学的大头撑大了，于是换了一个粉红色的，戴上去很像飞天小魔女。

投影幕布的粗糙拉绳无力地悬挂着，像一个老人枯槁的双手。那贴着标语和画的地方，还可以看到胶带粘掉的点点墙皮。

讲台桌上的座位表有被水浸过的褶皱，我偷偷用红色粉笔，在"严枫"旁边画了一个小小的心形。

我想这是我留给他的最后的纪念了。

教室里的陈设该拆的都拆了，裸露出红色的砖与灰色的水泥，还有红色的水渍，恐怖片里都是这样演的，从墙缝里渗出来。

我想起了失去血肉的骷髅。

散落一地的桌椅，夹杂着大包方便面袋与纸巾的身影，如逃兵一般在其中穿梭。我们摆成一个球门，然后乐呵呵地开始踢球，黄色的充满爱的球，在老班的手里几次死里逃生，成就了一副金刚不死之身。

射门！

空荡荡的教室，球撞击门的声音被无限放大，赫然穿过耳边，是我们对青春的呐喊。

丢失的过去，无法预知的未来，在这个阳光满满的日子，暴晒着。

"这栋楼就要拆了……高二我们要搬到别的楼了……"我无奈地说。

"是啊，好舍不得呢。"夏小娟说。

我们来到阳台，还是那么的明亮。从五楼俯视学校的大门，人群来来往往，有的走进了你的人生，然后又离开了，新的人又闯进来，就这样循环着，永远不知疲惫。

斑马线像五线谱，在枯燥的日子里演奏着一曲曲美妙的音乐。

抬头的蓝天，有朵朵白云。我看着看着，阳光就刺痛了眼睛。

我们的身影被光线拉长，投射到教室的地上，斑驳了一地的青春。

二

一年前,我们手拉着手,一起站在这个曾经以为遥不可及的大门前。

我是夏小蝉,我拉着的是我妹妹——夏小娟。

父母给我们起名字的时候,随手翻了翻宋词,于是苏轼的《水调歌头》中:"但愿人长久,千里共婵娟",于是我们两个双胞胎像产品编号一样,永久地拥有了自己的名字。

虽然说是双胞胎,可还是有差距的。为了不混淆,我留起了长发,夏小娟剪了一个很流行的 BOBO 头。而我性格内向,她则活泼好动,小时候经常和男生打打闹闹,我还经常会被人当成报复的对象。

当我们以中考相等的优异分数考上了重点高中,心里都激动得要跳出兔子。我们抬头看这个如宫殿般豪华的学校,贵族气派扑面而来,我打了一个响亮的喷嚏。

我们如愿以偿地分到了一个班。我们找了一个中间的位置坐下,一对双胞胎挨在一起,不免会引起同学们的议论。我羞涩地低下头看书,夏小娟则仰着头,听着耳机里传来的很大声的歌。

突然,一片阴影挡住了我正看的文字。我埋怨地抬起头,看见一个很高个子的男生坐在了我的前面,身材颀长,有淡淡的衣服的清香。

我额头皱起的眉瞬间舒展了。

"喂,你小子这么高个儿别坐我们前面,都挡着我姐姐看书了。"夏小娟突然冒出一句,很大声。

"啊?"他扭过头,像受了惊吓的猫。

他的五官真是极品,长长的睫毛,像弯弯的月亮,大眼睛,高鼻梁,嘴巴张着,还没弄清楚什么状况。

侧脸完美得无懈可击。

夏小娟好像也有点被击到的样子，连忙磕磕绊绊地说："那个……你长这么高，坐到后面吧，都挡着我们看黑板了。"然后我看到夏小娟的嘴角露出了一个大大的微笑。

"哦，真不好意思。"他用手挠挠头，仿佛犯错的小孩。

他坐到了后面一排，夏小娟的后面。

"你叫什么？"

"严枫，你们是双胞胎？"

"嗯，我是妹妹夏小娟，她是姐姐夏小蝉。"

"呵呵，真有趣。"

我的眼睛依旧看着书，可是耳朵却不自觉地听着他们的对话。

原来他叫严枫啊，长得真帅。我在心里偷乐。

夏小娟如银铃般的笑声传来，我的心里突然有一点点不舒服。

重点学校就是不一样，大课间，所有的人几乎都在埋头学习，夏小娟非要拉着我出去散散心，我说我们可是在五楼哎，她说你去了就知道了。

我们呼哧呼哧地跑下楼，她指着远处的篮球场，说："看。"

"严枫啊，看他干什么。"我嘴上说得很淡，心里其实敲起了鼓。

"他可是咱们班的班草啊，你没发现他投篮的样子很帅吗？"她一副花痴的表情。

"哎，你从小就花痴啊，真是，这么大了也不改……"

她冲我吐吐舌头。

其实我的心里，是默认了她说的。

三

我看见暑假在这个盛大的夏天张开翅膀，从遥远的天边，一直飞向了我的窗户。

我看见往事如一缕烟，香飘飘地从烟囱里袅袅升起，飘向未知的遥远。

我看见我们走出门，一个向左，一个向右，走向不同的世界。

这些都是命运之神安排好的，该是你的，就是你的。

暑假作业摞了老高，我很庆幸没有掏物理和化学的作业钱，我看着夏小娟愁眉苦脸和一对深锁的眉头，暗自庆幸自己的选择没有错。

突然就觉得，我们之间仿佛越隔越远，高二，就不在一起了。

一个走向文科班，一个走向理科班。

一个在安静的沉寂的世界默默画着属于自己的圈圈，一个在跳动的活跃的世界里奔跑如风。

我们就这样远了。

四

高一刚开学，我的物理就很烂，上课常常听不懂，作业不会是家常便饭。由于同学们都先修过，再加上我们学校一向讲课很快，我的物理竟然没有及过一次格。

我不知道这算不算破了纪录。

可是我学起来虽然吃力，但还是蛮刻苦的。每个中午我都会在学校学习，我环顾四周，看见了坐在后面的严枫。

"帮我讲一下题吧，上课老师说过，但我没听懂。"我扭过头，说话的时候脸不自觉地红了。

"嗯，好。"他笑笑，便接过书来。

他的头发帘垂在眼前，碎碎的、轻轻的。他讲题很清楚，也不是很快，时不时反问我，检验我是否听懂了。

"谢谢哦，我都听懂了，还有最后一个问题。"

"哎，我帮你讲吧！"夏小娟不知道什么时候钻到我的面前，用很轻快的声音说。

"昨天你在家不是还说这些题太简单了都不……"我刚要说："都不稀得给我讲。"她就立马大声地说："没有啊，我帮你讲吧，严枫说了很久了也要休息一下了。"

我看看他，他冲我抱歉地一笑。

夏小娟看了一眼题，就滔滔不绝地讲了起来，语速很快，我一点都没听懂。

她讲完后，用一种很得意的眼神看着我。

仿佛在说，我赢了。

五

断了线的雨，一直在下。这条狭窄的小巷，弯弯曲曲，仿佛没有尽头，一直通向远方。一个熟悉的身影，穿着白衬衫，向她缓缓地走来。她看不清他的脸，雨模糊了她的视线。有人在轻轻哼着一首歌，也是熟悉的旋律，烟花易冷。

他们擦肩，始终低着头，沉默。然后背对背离开，一个向北，一个向南，越走越远，永远不会有相遇的一刻。他始终没有回头，她停住，看着他的背影，脸上湿了一片，不知是雨水，还是泪。

我从梦中醒来，窗外依旧漆黑。

难得下了场大雨，将这个城市的闷热浇洗得一干二净。

原来忘了关 MP3，周杰伦的《烟花易冷》在耳边回荡，有淡淡的悲伤。

凉风吹过，突然就想起了一个晚上，九点多我们依然站在操场上，为比赛而忙碌着，我故意往他那里挪了挪位置。

六

高一的活动很多，秋季趣味运动会又要开始了，令我们这些初入高中的小孩子激动万分。我们班抽到的项目是障碍跑，男女两人一组。按身高排，我竟然和严枫一组。

我拿着翻箱倒柜才找到的一条漂亮的粉色绸带，一路小跑到了操场。

"你们女孩子都喜欢粉色？"

"反正我喜欢，嘿嘿。"

我们站在一起，不知道该不该靠近些，彼此感到对方的体温，在这个微凉的初秋显得那么温暖。

我主动往他那里挪了挪位置，然后将左脚和他的右脚并在一起，正准备弯腰系。

"让我来吧。"他突然说。

我愣了一下，"好啊。"我的脸微微泛红，嘴角扬起一丝微笑。

青春
在疼痛中成长

我看着他弯下去的脊背，那么强有力，如一把蓄势待发的弓。

"好了。"他笑着满意地说。

我看见一个漂亮的蝴蝶结，在我们的腿上，仿佛要飞起来，那么美。

"你真厉害。"我向他竖起大拇指。

他不好意思地挠挠头。

体委一声令下，所有的组都开始练习，我们也找了一块空地。

"我的平衡很差的。"我偷偷说。

"没事，有我在你还怕什么，我的运动细胞可是相当发达的哦！"

他的手慢慢揽住我的右肩，我微微颤了一下，然后也慢慢地将左手搂住了他的腰，我的手轻轻抓着他的衣服。

"那我们开始吧，先慢慢地走，我喊一的时候就迈中间的腿，喊二的时候就迈另一只，知道了吧。"他像个老师一样专业地说。

我点点头。

"那抓紧了啊。"

他的手搂得更用力了，我有些小紧张，死死地攥着他的衣服。

"预备起——"

"一二，一二，一二……"

我们两个的声音惹来了其他同学的观看，我的脸又通红了。

我们走得很慢，生怕一不小心就跌倒了。在走了一会儿之后，我们停了下来，看着已经很远的距离，我们互相莞尔。

"不错不错，继续努力，下面我们快一点，这么慢的话肯定会拖后腿的。"

"好！"我对自己充满了信心。

"预备起——"

"一二，一二，一二……"

我们两双腿搭配默契地跑着，步子越迈越大，口号也越喊越大声。

我偷偷看了他一眼,和我一样笑着,脸上洋溢着成功的喜悦。

我们一直练,渐渐的,天黑了,同学们也陆陆续续地走了,只有几组同学还在奋斗着。

我们丝毫没有感到累,继续迈着步子,沿着操场跑圈圈,我相信我们一定是班里跑得最快的。

"我有些累了,不然我们坐下来歇会儿吧。"我提议道。

我们并排坐着,离得很近,虽然风一直在刮,可我却感觉不到冷。我们开始聊天,聊着聊着饥饿的肚子便不再咕咕叫了。

我们聊小时候的趣事,我说我有一次在楼梯上边走路边跳舞,就从楼梯上滚了下来,他说他爬院子里的墙,用棍子将偷他家香椿的小孩打了下去。我们大声说着科比多么多么帅,打篮球多么多么好。

我问他喜欢哪个歌星,他说周杰伦,我说我也超喜欢他的,于是我们就一起唱他的歌。

他的歌有种淡淡的伤,令人听了想要落泪。

他说有一天我一定要在 KTV 唱周杰伦的歌然后让你听了都落下泪来。

我说好啊好啊,我等着那一天。

歇够了,我们站起来,天已经黑透了,我们不知道时间,在这个空荡荡的仅剩寥寥数人的操场上奋斗。

"一二,一二,一二……"整齐的声音在操场上空回响,好像星星都可以听得到。

就在这时,有人从后面撞了我一下,黑暗中我看不清他的面孔,一溜烟儿跑掉了。

我一下子失去平衡,猝不及防地倒了下去。

可怜的严枫被我牵连,高大的身躯像一棵树倾斜,正好压在我的身上,要不是他用手撑住地,估计我就骨折了。

"哎哟,我的腿。"我抱住我的右腿,疼得直咧嘴。

他将带子解开,蹲在我的旁边,问我有没有事。

我将裤腿挽起来,右膝盖磨破了,殷红的血正往外渗。我吓得"哇"的一声哭了。

"上来",他蹲着背对着我,"我背你去医务室。"

我抹抹眼泪,乖乖地趴了上去。

于是他背着我,飞快地穿过人群,穿过操场,到了医务室。

医生给我上了药,他挽着我慢吞吞地走着。

"没事吧?"他急切地问我。

"当然。"我挤出一丝微笑,腿却在发颤。

我看见他额头的汗水,心突然就有些疼。

"睡一觉就好了,别担心。"我轻松地说着。

那天晚上,我们一起出去喝奶茶,那是最美好的一个夜晚,我看见星星都笑了。

回到家,我闻到了特别却很熟悉的香气,虽然我知道撞到我的是谁,但我没有说,我也不想说。

夏小娟,你就真的那么想让我受伤?

七

这是我们在一起的最后一个聚会了,过了今天,就要各奔东西了。

我们班注定是要拆成文科班的,像命运安排好了一样,有的人整装待发,有的人坚守阵地。

KTV 里吵吵闹闹,大家都在有一搭没一搭地说着话,仿佛还有好多话没有来得及说。

夏小娟又开始抢话筒了,在我唱得好好的时候,她总是喜欢跟着吼。我已经习惯了。

外面骄阳似火烧,里面寒气吹得我直打哆嗦。我看着大家的兴致都那么高,一点儿也没有分别的样子,我的心里却发酸。

虽然和大家相处才一年,可有些人、有些事,不是说想忘就能忘记的。

夏小娟和严枫几乎是一人一首,完全不顾其他人的感受,好像这里是他们的个人演唱会。

突然,熟悉的节奏响起,飘着淡淡的伤。

《烟花易冷》,严枫拿起话筒,动情地唱着。

那个梦境又出现了。

断了线的雨,一直在下。这条狭窄的小巷,弯弯曲曲,仿佛没有尽头,一直通向远方。一个熟悉的身影,穿着白衬衫,向她缓缓地走来。她看不清他的脸,雨模糊了她的视线。有人在轻轻哼着一首歌,也是熟悉的旋律,烟花易冷。

他们擦肩,始终低着头,沉默。然后背对背离开,一个向北,一个向南,越走越远,永远不会有相遇的一刻。他始终没有回头,她停住,看着他的背影,脸上湿了一片,不知是雨水,还是泪。

我的泪早已流淌成了小溪。

我坐在角落里,安静地听着,安静地默默流泪。

他真的做到了。

雨纷纷旧故里草木深,我听闻你仍守着孤城,城郊牧笛声落在那座野村,缘分落地生根是我们。

缘分落地生根是我们。

八

外面又刮起了大风,我不知道为什么,老天爷总是喜欢在我心情很不好的时候起风。明知道我是很讨厌刮风的,你为什么还刮？明知道我一刮风就会使劲地流眼泪,你又为什么刮风？在我的悲伤无处可逃的时候,偏偏将我的泪水引出。

我放肆地在大街上流眼泪,像中午在班里一样,在这个寂静的无人的教室。我不必掩住脸,因为没有人看。在我内心最最脆弱的时候,我给严枫发了一条短信。他终究没回。我还是没能止住眼泪。

一年一度的卡拉OK大赛,我满满的信心盼了半年终于盼到了。五月的阳光是那么温暖,照得人皮肤痒痒的。我问夏小娟,我们唱BY2的歌怎么样？她撇撇嘴说,我不想搞组合,我想一个人。

突然心里的阳光瞬间失去光亮。

我悻悻离去。

准备了好久的歌,我却在比赛那一天,感冒了。

前一天下着雨,我却因为将雨伞借给了夏小娟所以感冒了。

我瓮声瓮气地唱着歌,我知道自己没希望了,却看见严枫鼓励的眼神。

于是,我落选了。

夏小娟顺利进入决赛。

那天中午,我呆呆地趴在桌子上。我的好友唐溪玥帮我买了一个煎饼,我最喜欢的紫米的。我看着这个可爱的女生,扭过头泪就盈满了双眼。

有时候我真的突然很想抱一抱她,假如我是男生,我一定会义无反

顾地爱上这个单纯的可爱的女生。

虽然我们活得都并不是很伟大，并没有在人群中有着很扎眼的嚣张，也没有像夏小娟一样在班里的呼风唤雨。

但是我相信，我们都是善良的孩子。

白浩天轻轻地扭过头来，他坐在我的前面，是一个帅气又阳光的男生。他很轻很轻地问我："是不是因为卡拉 OK 大赛？"

我点头，泪就溢了出来。

他说："你看我，那天上去的时候，你们都笑了。我知道自己唱得并不好，也跑了很多次调。可是我唱完之后，那天真的很开心，因为我终于有勇气拿起话筒，面对大家。我是唱给自己听的，我感到很释然。其实，我以前是一个很内向的孩子，因为爸妈离婚了，所以更加不爱说话，那个时候什么都不敢参加，然后总是害怕丢人。后来我决定改变自己，才变成现在这样活泼开朗的。虽然我自己并不是很优秀，可是我敢面对自己了，我敢唱出自己的心声了，你要想想，其实你是很厉害的，只不过那天状态不好，没发挥出来，不然你一定是冠军的。"

他说完后，我的泪水已经将衣袖打湿，他的眼睛里也有什么在闪烁。

我一直哭啊哭的，突然发现在他面前，我也忘记了伪装，我卸下微笑的面具，将自己最脆弱的一面，在他面前，一览无余。

没有人会注意，墙角寂寞哭泣的女孩。

所以她心里有一个梦，希望能有人拍拍她的肩，对她说——

微笑吧，一切都过去了。

微笑吧，像个孩子一样。

可为什么每次经过公告栏，还会看到那红色的突兀的闪光的"夏小娟"三个字，在脑海中久久不散，还有，严枫陪夏小娟一起在音乐教室练歌的身影。

这次我真的痛了，真的彻底醒了。可是我却怎么也无法变得洒脱。

九

我像打了一场永远也赢不了的赌,明明知道自己会输,却还是输得心甘情愿。

我像做了一个永远也醒不了的梦,明明知道自己会睡,却还是睡得无怨无悔。

我像喝了一瓶永远也解不了的酒,明明知道自己会醉,却还是醉得死心塌地。

明明知道自己是飞蛾,却还是为了那一瞬间的光和热,飞向火,义无反顾。

十

白浩天和严枫是关系极好的哥儿们,下课上厕所都要一起去。我知道我和严枫都不善于言辞,所以,有一天,我偷偷地找到白浩天,我问他:"你知道严枫喜欢谁吗?"

"我不知道他喜欢谁,但是我知道你喜欢他。"他坏笑着说。

"你怎么知道的?"我瞪大了眼睛不可思议地问他。

"地球人都知道啊!现在班里都传疯了,就你一个人还蒙在鼓里呢!"他也奇怪地看着我说。

"可是……可是这是谁说的?"

"这个是不能说的秘密。"

"你快点说嘛,我肯定不说的。"

"好吧,其实是你妹妹。"

"啊?不会吧?"

"就是,你不信就算了。"

"信,信,那严枫呢?他喜欢我吗?"

"我劝你还是放弃吧,他……"

"他怎么?"

"上次我们一起骑车子回家,我把这事告诉他了,他沉默了好久,说不喜欢你,还说大不了以后不跟你说话了。"

我的眼眶当时就红了。

"那怎么办?你能不能不要再说我喜欢他了。"

"好,可是我再怎么说,别人也不会相信的啊!"

"也是……"

"我倒是有一个好主意,如果你说,你和别人在一起了,这就好办了。"

"好吧……可是我说谁啊?"

"嘿嘿,要不你说你喜欢我?"

"嗯。"

当时我的大脑一片空白,只想着如何才能辟谣,况且白浩天对我很好,所以就答应了,没想到原来这都是一个阴谋。

以后我便突然对严枫冷淡了,像他说的那样,大不了不理他了呗。

我一直假装,假装自己忘了他。明明很在乎,却还要装出一副无所谓的样子,看着他和别的孩子打闹。

也许这是一场永远也没有结局的、盛大的、华丽的独角戏,灯光准备好了,妆已化得很完美,所有的观众也已到场。可是舞台上却只有我一个人,没完没了地转着圈。直到晕头转向,满脑海里出现幻觉,出现无数关于你的点点滴滴。

这场自编自导的独角戏，我一个人演得很累，但是我始终在微笑，笑得那么灿烂。即使最后倒在了地毯上，嘴角流出鲜血，我依然挤出最后一抹阳光。

十一

从 KTV 回到家，我浑身疲惫，夏小娟不知道什么时候早就回来了，她怒气冲冲地拿着一个什么东西，冲我甩了甩。

"我的日记！你偷看我的日记！"我尖叫地要去夺，可是她攥得死死的。

"我没有偷看，我只是来拿一本书，无意中看到的。"她很平静地说，在我听来就是暴风雨前的暂时安宁，巨大的暗流上下翻滚，准备吞噬一切。

"你还给我，快点！"我冲她喊。

"原来你那么讨厌我！"她的眼泪突然流了出来。

"你说，我夺走了你的一切，夺走了你的水晶鞋，夺走了你的王子！"她吼道。

"不是这样，你听我解释……"我的泪也跟着流了出来。

"不要你解释！原来你一直都是这么看我的——姐姐。"最后两个字，她仿佛拿着一把利剑，狠狠地冲着我的胸口刺来，鲜血直流。

我永远也忘不了，她说这两个字时的眼神和语气。

"我是喜欢过严枫，我也曾想让你离他远远的，那个晚上就是我暗中捣乱，没想到反而如了你的愿。可是你知道，有的时候喜欢一个人你自己也无法克制，但是我告诉你，我夏小娟只做过这一件对不起你的事。"

"我过生日那天，也就是你的生日，严枫送来两份礼物，托我把其中

的一个转交给你。我想，这是一个表白的好机会，我便告诉了他，我喜欢他很久了。他挠挠头不好意思地拒绝了我，原因是他不喜欢我，而喜欢你，夏小蝉。"

"不可能……你不要骗我了……"

"不要打断我，那天我很伤心你知道吗，他答应我以后做好朋友，求我不要告诉你这件事，他怕你耽误学习，他也知道你学文，以后两人肯定不在一个班，早点割爱会少些痛苦。那个礼物里面还有一封信，你难道没看？"

"没有啊，我根本没有收到。"

"就是一个可爱的大熊，脖子上用一条粉色绸带绑成了蝴蝶结。我那天去开会了，很晚才能回家，所以我让白浩天给你，他难道没有给？"

我的头一下子"嗡"地大了。

"我还搞不懂的是，你既然这么喜欢严枫，为什么不去追他，而是要和白浩天在一起？"

像无数苍蝇在脑海中飞来飞去，我的世界仿佛变得一片混乱，我拼命抓着头发，想找一个合理的答案。

任何人都可以变得狠毒，只要你尝试过什么叫作嫉妒。

我突然想起西毒说过的一句话。

"对不起"，我对夏小娟说，"我们都被卷进了一个圈套，被我们小小的倔强打败，被我们小小的嫉妒打败。"

夏小娟走过来，抱住我。

"都过去了。"

都过去了。

暖色的灯光照在我们身上，像阳光一样温暖。

我们的影子投射在地板上，斑驳了一地的青春。

第四辑

春天盛开在左耳与右耳间

每一个女孩都是白天鹅

今天的班会课格外神秘,班主任将所有的男生往门外赶,直到一屋子只剩下女生,她才关上了门,仍有几个调皮的男生伸长脖子,透过玻璃瞧几眼。文科班的女生很多,每个同学都好奇地歪着脑袋,叽叽喳喳地问个不停,满脸疑惑又夹杂着小小的激动与兴奋。

班会的主题是一个不能说却不得不说的秘密——早恋。之所以将男女生分开进行,是因为有一些秘密是只能给女孩子说的。我们的脸上瞬间泛起了羞赧的红晕,不好意思地捂着嘴偷笑。

和以往的教育不同,班主任的话语重心长,失去了原有的威严,更像是一位知心的朋友,让我对人生以及未来有了更深刻的想法。

也许到了这个年龄,生理上的发育是由不得我们的,对异性产生好感也是正常的。于是许多家长和老师变得异常得紧张与警觉,有一点点风吹草动,就立马竖起耳朵,筑好壁垒,门窗紧锁,将我们管得严严实实、密不透风,生怕一不小心陷入爱情的泥潭。可是有时候,由于没有将"早恋"这个敏感的话题搬到台面上,我们的好奇心与逆反心理反而会更加严重，往往起到相反的结果。

相信每个人在青春期的时候，都或多或少对异性有过崇拜或者爱慕之情。她会在窗台远远地看他打篮球的样子，他会在她生日时送上可爱的毛绒玩具，她会清楚地记得他的爱好、他的星座、他的血型，他会留意她的一举一动、一颦一蹙。

他们说这叫爱情。

大人或许只是笑，笑他们的懵懂无知，笑他们的不成熟。

爱情的现代定义为——两个人基于一定的物质条件和共同的人生理想，在各自内心形成的对对方的最真挚的仰慕，并渴望对方成为自己终身伴侣的最强烈、最稳定、最专一的感情。

早恋之所以加上一个"早"字，是因为我们缺少一个大前提"一定的物质条件和人生理想"，我们吃穿都靠父母，没有稳定的经济收入，我们的理想尚未坚定，一切都是未知数，没有这个重要的前提，就像一棵小树没有足够的水分去灌溉，没有充足的营养去培育，最终长得歪歪斜斜甚至死亡。

女孩子是重感情的，一般也是感性的人，稍微禁不住诱惑就有可能过早接触爱情，当脆弱的"早恋"经不住时间的打磨，它枯萎得如一片秋叶飘零落地，女孩子的内心往往承受更大的痛苦。可当她们回头看时才发现，自己错过了许多更重要的东西。

每一个女孩都是白天鹅，虽然现在我们还未褪去丑小鸭的外表，但也不能随便因为谄媚的癞蛤蟆而放弃自己的理想，白天鹅只有和白天鹅在一起才搭配，而那些翅膀还很娇嫩、禁不住风吹雨打的男生，如何承担起生活的重量，又如何对未来负责？如果你没有考虑过这个问题，那么你就不配拥有我们。

最喜欢张韶涵的那首《亲爱的那不是爱情》："你说过牵了手就算约定，但亲爱的那并不是爱情，就像来不及许愿的流星，再怎么美丽也只能

是曾经。太美的承诺因为太年轻,但亲爱的那并不是爱情,就像是精灵住错了森林,那爱情错的很透明。"

早恋是二月的草莓,又大又饱满,鲜艳欲滴,令人垂涎三尺,忍不住咬上一口,却立刻吐了出来,嘴里直抱怨难吃死了。原来草莓没有到熟透的季节,仅仅外表成了形,极易诱惑人的胃,只有吃过的人才知道,里面一定是未成熟的苦涩。

早恋是童年吹的泡泡,在阳光的照射下五彩缤纷,闪烁着美丽动人的光,可一旦轻轻触碰,定会碎成无数小水珠,像一团雾渐渐随风飘散,不留一丝痕迹,只是道不尽的遗憾与惋惜。

早恋是囫囵吞枣,虽获得了满满的饱腹感,却最终危害着人的健康。

早恋是揠苗助长的麦苗,虽看似长得很高很快,却是病恹恹地度过短暂的一生。

老子早在两千多年前就提出了"道法自然",要求我们顺应规律,不违背自然的法则。就像农民种地,春种秋收,什么季节做什么事情。人也一样,什么年龄阶段做什么事情,不能着急,心急吃不了热豆腐。只有在我们取得了一定的成就,有了恋爱的资本,有了承担家庭与生活的责任,这样的爱情才会获得圆满的结局。

我想说——女孩,如果你想与白天鹅长相厮守,那么就努力从丑小鸭蜕变,如果你仅仅想与癞蛤蟆快乐一时,那么就永远做丑小鸭吧!

七个小矮人的美丽童话

不知道我们老了以后还能否重逢。

在盛夏的阳光照耀着的窗台,我看着楼下的老奶奶,突然自言自语道。一共七个,不多不少,有的扇着大蒲扇、有的织毛衣、有的嗑瓜子,聊天大笑得露出满口不完整的牙。梧桐树荫下,斑驳了她们瘦小的影子,像花般灿烂美好。

我突然想起了我们七个小矮人,我们一起写作业的时光,我们一起问问题的时光,我们一起做游戏的时光。你们现在在哪儿?又在做什么呢?不知道我们老了以后是什么样子,不知道我们是否也能坐在同一棵大树底下,围成一个圈,聊天聊到天黑,笑到生命的最后一秒。

我们曾在操场的草坪上许下一个盛大的诺言,我们的心会一直在一起,直到天崩地裂、海枯石烂,永远也不分离。

不知道你们还记不记得。

那是开学的第一个联欢会,同学组织了一个小话剧《白雪公主》,很荣幸的,我的身高刚好可以演小矮人,于是我们七个就相遇了。

我们排成长队,双手搭在前面人的肩上,然后在教室里面转圈。

"谁偷了我的面包?"

"谁吃了我的苹果？"

"谁动了我的床？"

"谁穿了我的睡衣？"

…………

我们嗲声嗲气地说着，班里哄堂大笑。

于是理所当然的，在演完之后，我们就顺利地成立了一个小帮派，名字就叫"七个小矮人"。

老大是万事通，虽然叫万事通，但她有的时候真的迷糊。

记得有一次我们在宿舍洗头发，我听见她说："咦？我挤了这么多怎么没有泡泡啊？"我一边洗一边扭过头看她，她挤了好多放在手心，然后往头上揉搓，就是不起泡泡，"难道是我头发太脏了？可我两天洗一次啊！难道是洗发水过期了？可上个星期我才买的，没用几次呢！真奇怪！"我拿起她手上所谓的"洗发水"一看，其实是护发素！我们当时就笑成一团。

我的生日最小，排老七，因为老七的名字叫爱生气，可是我是个乐天派，从来不生气，但是却很爱哭，于是在征求了老大、老二、老三、老四、老五、老六的意见后，我成功地被唤作——爱哭鬼。

在一次体育课上，忘了是谁提议玩碰膝盖游戏，这是我第一次玩，以后便一发不可收。每天放学后，我们都会跑到操场上疯，很简单的游戏，具体怎么玩我已记不太清了，只记得当时我们在操场上肆无忌惮地大笑，嚣张地手舞足蹈，弄出各种搞怪的动作，惹得其他同学一阵阵惊呼。

我说，碰膝盖这个名太老土了，我们改一下，就叫"碰碰碰碰——碰膝盖"吧！前四个字连着读，多带劲儿。大家一致同意，认为我的个子虽小，但还是蛮聪明的。这就叫浓缩的才是精华。

的确是这样，我们七个在班里没下过前二十，经常是互相争前三，这肯定与我们之间互相学习离不开。

那个时候，我们喜欢围着老师问问题，七个人手拉手，很是壮观。

那个时候，我们中午坐在奶茶店里，一起看书写作业。

那个时候，我们为了中考体育在操场上挥汗如雨，互相鼓励坚持下去就是胜利。

现在，我的个子也高了，不再是小矮人了，不知道你们有没有长个呢？原来我们已经很久没有见过面了，毕业照上，我们站在一排，个个笑得像向日葵。不知道我们以后会怎样老去，不知道我们会怎样死去。

我想起来，眼睛就微微有些湿润。

楼下的老奶奶还在聊着天，我希望有一天，我们能够重逢，坐在一起，围成一个圈，伴着知了的鸣叫，聊着闲天，直到我们永远地闭上了眼睛。

七个小矮人虽然没有白雪公主的美貌，但是我们很快乐，我们很幸福。

我们七个小矮人的美丽童话，将会永远写在属于我们的十六岁。

深夜亮起的七盏灯

那一夜，我们无眠。

七盏充电小台灯在黑暗中发出明晃晃的白光，安怡在我怀里止不住地啜泣，然后用颤抖的声音说了句，有你们在……真好。

青春
在疼痛中成长

　　刚开学的时候，一看到宿舍竟然是八人间，我们都互相抱怨，拖着自己的行李箱，在这个狭小闭塞的宿舍里找到属于自己的空间，开始了一起生活的日子。

　　人多地少，自然少不了矛盾，你的洗脸盆占了我暖壶的位置，你洗的衣服水滴到了我的拖鞋上，你的箱子挤了我的箱子，八人间似乎永远也不能安宁。安怡总是向电话里的老同学抱怨自己的宿舍条件有多差，楼有多破，早知道当初就不来这里上大学了，等等。

　　安怡最常说的一句话就是，八人间有什么好的。她是我的对铺，高高瘦瘦，留一头似瀑布一般的黑色直发，从小娇生惯养的她，没有住过宿，过惯了饭来张口衣来伸手的日子，过惯了一百多平米大房子的宽敞豪华，突然让她挤在这样一个小小的屋子里面，任谁也会发发牢骚。

　　周末的晚上没有课，我们在宿舍各干各的，我抱着一本小说津津有味地看着，正看到激动的部分，突然一声尖叫打破了整个宿舍的宁静。我向安怡看去，她把手机往床上一扔，抱着头大声哭喊，腿像抽搐般乱蹬，我们赶紧问她怎么了，她用手指指手机，含混不清地说，鬼，有鬼。我赶紧跑过去，爬到她的床上，然后一把拿过来她的手机，上面是一段播放到一半的视频，发件人是一个男同学，我立马明白了。

　　那个男生无聊得很，给好几个女生发恐怖视频，起初是很平静的画面，然后突然来个女鬼的脸，无非是些小儿科的吓唬人的东西，但是安怡害怕了，她是我们宿舍最小的女生，胆子也是最小的，她平时最怕黑，怕一切与恐怖沾边的东西，所以这次的玩笑开大了。

　　我抱着她颤抖的身躯，她的泪水还大颗大颗地往下掉，我轻轻拍着她的背，告诉她不要害怕，我们都陪着你呢。渐渐地，她平静了下来，虽然我们已经把那段无聊的视频删除了，可是她依然不敢再动她的手机，仿佛那个女鬼真的会从里面爬出来一样。

　　就在我们以为没事了的时候，突然到了熄灯的时间，宿舍变得一片漆黑，我听到她大声尖叫了一下，用手捂住脸使劲摇头，声音沙哑地说着她来了她来了。那个时候，不知是谁喊了一句，把自己的灯都打开，于是，一盏又一盏充电小台灯亮了起来，在宿舍的各个方向，散发着明亮的光芒。

七盏灯，在窗外一片漆黑的时候，屋子里面却是亮如白昼，那一瞬间，我的眼泪喷涌而出，七个人，在黑暗中为她唱着欢快的歌曲，给她安慰，给她温暖，给她爱。

谁说八人间只有拥挤，谁说八人间都是矛盾，在这个不大的空间里，七盏灯光就可以照亮整个屋子，八颗心也因为距离越拉越近，我们在黑暗中聊着各自的趣事，一夜无眠。

七盏灯的光，比不上明亮的太阳，但在她的心中，却是那么的耀眼。那一刻，团结起来的友谊，足以驱赶所有的黑暗与恐慌。我才真正发现，深夜亮起的七盏灯，散发出来的爱的力量。

童年的我与我的童年

院子里的梧桐老了吧。

我望向窗外，粗粗的树干愈加歪斜，像一位老人，佝偻着身体。我仿

佛看到了几个孩童,手上拿着狗尾巴草,围着大树转圈圈。他们跳着笑着,他们跑着闹着。他们时而坐在台阶上歇息,时而拍着手喊"土豆丝,土豆皮"。他们的脸上是数不尽的笑容,他们的心里是不含杂质的纯净。那个梳两个辫子的小女孩,最喜欢穿粉色的花裙子,黑色的小皮鞋,风吹过她的发梢,熟悉的眉眼,熟悉的幼稚的小脸。

早晨不用担心迟到,一个豆包和一碗粥,便能让我开心一个上午。邻家的小伙伴背着书包,蹲在楼下玩着泥巴,我蹑手蹑脚地踱着步,轻轻拍一下她的左肩,然后迅速站在她的右边,待她醒悟过来之后,我一脸得意扬扬地哈哈大笑。

我们拉着小手,在林荫道上向学校走去,有时看到路边的鲜花开了,还会轻轻摘下来一朵,挂在头上,甜甜地笑着。有人出来遛狗,会跑过去抚摸它柔顺的毛,学几声狗叫,没有一点害怕的神色。当看到哥哥姐姐从身边"嗖"的一声骑车而过,耳朵里塞着耳机,我们小小的心里总是充满了羡慕。羡慕他们不用走这么漫长的路,羡慕他们可以听悠闲的歌,羡慕他们潇洒的自行车。可是长大了才突然明白,小孩子永远看不到的,是他们书包里沉沉的书本,听不到的,是他们耳机里流利的英语课文,感受不到的,是他们必须很快骑到学校否则就要站在走廊罚站的心情。

小学是最快乐的地方。上课的时候,老师为了鼓励我们,回答一次问题奖励一朵小红花,每次老师的问题还没说完,我便将手举了起来,有同学比我举得高,我就将身体挺得倍儿直,屁股离开椅子一点,努力将手伸到最高。老师点到我时,我便朝那同学做一个大大的鬼脸,然后一边挠着头一边不好意思地问老师:"刚才的问题是什么呀?"惹得全班哄堂大笑。

下课了,我们像一群从笼子里放出的小鸟,一哄而散,跑到操场玩跳房子,用粉笔画上方格,扔一个沙包单腿跳。有时不小心摔倒在地,爬起来不是疼得哇哇直哭,而是一脸耍赖吵着重新再来一次。

吃过晚饭，院子里的小伙伴会不约而同地来到梧桐树下集合，趁着夜色玩捉迷藏。我总是躲得最隐蔽，藏在楼道里的木板后面，也不怕蜘蛛网或者小虫子，静静地屏住呼吸，听自己的心怦怦直跳。最狡猾的时候，我掏出钥匙，躲在自己家的小房里，轻轻带上门，坐在废旧报纸上扶着妈妈的自行车。直到听到一声"放羊啦"，我才屁颠屁颠地跑过去。

夜越来越深，头上的月光透过梧桐叶照在我们身上，仿佛一只只梅花鹿，尽情地奔跑着。不一会儿，他家的窗户打开了："亮亮，该回家啦！"她家的窗户也打开了："圆圆，该回家啦！"我们依依不舍地告别，期待第二天在学校的见面。回到家不情愿地洗洗玩得黑乎乎的小手和脸，倒在床上进入甜甜的梦乡。

童年被浓缩成美好的一天，总是充满着欢笑与喜悦，没有压力烦恼，没有钩心斗角。那时候的我，傻得可爱，傻得纯真，傻得快乐。长大了得到了很多，也失去了很多。知识越来越多，想象力却越来越贫乏，少了纯真的笑，多了忧伤的目光。

"越长大越孤单，越长大越不安，也不得不看梦想的翅膀被折断，也不得不收回曾经的话问自己，你纯真的眼睛哪去了？"熟悉的歌，可每次听着都掉下泪来。

梧桐树下梳着两条辫子的小女孩，我终于看清，那就是我。

那就是童年的我与我的童年。

她还是那么开心地转着圈，仿佛永远也停不下来……

珍惜每一个幸福的瞬间

　　高中时代是充满了硝烟的一场场战役,我们在每一次的跌倒和爬起中磨炼了自己。都说高中三年没有快乐没有自由,有的只是一张张试卷和大大小小的考试,可是我却觉得,高中的我,拥有无数幸福的瞬间。

　　一日之计在于晨,第一缕阳光照耀在桌子的一角,早读时,往往将书直立,大声诵读,心中郁结的烦恼和不快全都从肺部呼出,那些文字仿佛成了一个个音符,回响在我的耳边,顿时神清气爽,仿佛饮了仙露,喝了醍醐。美好的一天开始了,幸福就孕育在书声琅琅之中,我面对课本,莞尔。

　　从食堂出来,午后的阳光温暖而又和谐,微风轻抚,我在塑胶跑道上缓缓走着,耳边是轻快的流行音乐,哼一支小曲,见到同学轻轻挥一挥手,一声"嗨"拉近了彼此的距离,或是调皮地在肩上一拍,看到他吓一跳的样子,我哈哈地笑了。眯起眼睛,仿佛看到了幸福的颜色,炽热的红,青春、热烈、奔放。

　　每次从书店出来,和同学捧着新买的书并排走着,一起讨论下一步的学习计划,心里就充满了快乐。仿佛怀里抱着的是满满的知识,我的大脑像一个嗷嗷待哺的婴儿,等待知识的乳液去喂养。不管花了多少钱,只要看到自己拥有了心爱的书,我的内心就会洋溢着幸福的喜悦,似乎看到了美好的未来正在向我招手。

喜欢两三个人并排走在一起,手里抱着热腾腾的豆浆,吃着糖葫芦,一边说笑一边向教室走去。虽然冬天的风冰凉刺骨,可我的心里却像充满了阳光一样温暖。每当这个时候我都会抒发一句内心的感受——此刻的我真的好幸福啊!呼出的哈气在空中凝结成水雾,那也是幸福的形状。

我很幸福,在上学的路上,那是通往梦想的路,是实现理想的奋斗历程;我很幸福,在回家的路上,那是通向亲情的路,和家人唠唠嗑聊聊天的美好时光;我很幸福,在走向未来的路上,那是一个未知的旅程,是由现在的汗水和泪水铸就的成功之路。

幸福不仅仅是一个简单的词汇,而是一种生活态度。幸福是短暂的,短似一片叶落的距离,短似一朵花开的瞬间。幸福是手中的流沙,如果不抓紧,很轻易会被人忽略遗忘。

生命是由一个个幸福的瞬间拼接而成的,不要让烦恼与不安充斥你的心灵,幸福其实很简单,就看你是否会把握。

面对一朵小花,我们也要怦然心动。

珍惜每一个幸福的瞬间,人生才会活得更加精彩。

你的连环画
开满了友谊之花

你是我开学认识的第一个人，那时你站在新班的门口，一个人戴着耳机听歌，长长的刘海儿遮住了眼睛，双手插兜，靠在墙上，有节奏地用脚打着拍子。不知为什么，我见到你就有一种想认识的冲动。我径直走到了你的面前问道，你也是这个班的吗？你抬起头，将一个耳机拿下来，微笑地说，嗯。

我们便聊了起来，发现彼此有很多共同的爱好，比如都喜欢周杰伦，都喜欢唱歌，都喜欢逛街，都喜欢毛绒熊。我们聊得不亦乐乎，直到老师打开了门，我们一帮子人闹哄哄地走了进去。

我们成了同桌，你上课总是画漫画，从来不听课，我才得知你是美术特长生。有一次上课，你竟然抬起头认真地看着黑板，手里还不停地写着什么，我感到很欣慰，你终于知道学习了。可是下课后你将课本递给我，上面画着一张班主任的画像，很夸张又很逼真，我们笑得前仰后合。

我一直把你当成我最好的朋友，同时也是我唯一的知心朋友。我喜欢安静，不愿意和大家凑在一起谈论某明星的绯闻八卦等，你总是喜欢陪在我的旁边,给我讲一些令人愉快的故事。我是个藏不住秘密的人,有了心事就一一说给你听,你是个很好的倾听者,从来没有告诉过别人。

我发现你的眼睛很美,睫毛很长,笑起来像个洋娃娃。我们总是一起去逛街,穿一样的衣服,戴一样的帽子。只不过你有长长的头发,而我的短发干净利索。我们每天晚上都一起跑着去食堂抢饭,然后去水房打水,我们手里抱着暖和的水瓶,并肩走在回班的路上。我们喜欢吃着糖葫芦,一边开心地说糖块黏了一脸。

日子一直过得很平静,和你在一起的小温暖交织着,令我枯燥的学习生活变得幸福起来。

可是有一天,下了冬天的第一场雪,我们照例跑到食堂,排队的时候碰到了熟人,我们便和她们坐在一起吃饭。我是一个吃饭很慢的人,每次都会细嚼慢咽很长时间,她们都吃到一半的时候,我的饭几乎还没有动。她们都吃完后,催我快点,一直说我吃饭怎么这么慢,像个乌龟似的。你说,我每天和她一起吃饭,都习惯了。她们边说边笑,你也跟着一起笑。

每句话和笑声都像刀子一样插在我的心上,我忍着将饭一口一口地咽下去。她们等不及就先走了,仿佛我耽误了她们的时间,耽误了她们宝贵的学习时间。

你还坐在我旁边,我问,你怎么不跟他们一起走啊?你说,我们不是还要一起打水吗?我摇摇头,我不想去了。然后起身端起盘子,就往外走。

外面的雪还是那么大,我走得很快,我不想再看到你了,我最最信任的人,我曾经觉得你一定会站在我这一边,可是我发现我错了。我生气地走着,可是脚下突然一滑,摔倒了,当着很多人的面,丢人地摔倒了。我不知道你在后面看到没有,你始终没有像往常一样走过来,亲切地问我,摔得疼不疼。

脸上有凉冰冰的东西,不知是雪花,还是泪。

从那以后,我发誓我要一个人吃饭,哪怕再孤单,我也要一个人。

我们仍然坐在一桌,可是话却比以前少多了,我将我的心事写成日记,不再告诉你了,你好像也知道我生了气,每天安静地画着画。

我们都很倔强,倔强得不肯回头。

月考的成绩发下来了,意料之中的惨败。我看着寥寥无几的分数,眼泪在眼眶中打转。班主任在讲台上开班会,我一个字也没有听进去,可是我的眼泪却一直往下流,我用手挂着太阳穴,使劲地擦着泪。

我怕你看到,我不想让你嘲笑我的懦弱。

可是你还是看见了,你轻轻地拍了一下我的肩膀,然后递给了我一个好看的本子。上面有一幅画,一个短发女孩哭得很伤心,一个长发女孩抱着她说,宝贝不哭。

我转过头,模糊的视线中,你的眼睛也泛着闪闪光亮。

后来我告诉你,因为你是我最好的朋友,所以我在乎你说的每一句话,我不想被唯一的好朋友遗弃。你告诉我,因为我是你最好的朋友,所以你会和我开玩笑,你觉得一点小事而已何必放在心上。

那天我们都抱着彼此哭得稀里哗啦。

我过生日的时候,你送了我一个粉红色心形礼盒,里面是一个很精致的画册,画的全是我们在一起点点滴滴的小温暖——

我们一起去逛街,我们穿着一样的衣服戴一样的帽子,我们挤在人群中排队买饭,我们并肩抱着温暖的水瓶,我们一起吃着糖葫芦,露出甜甜的笑……

你画了一段我们的故事,画了一段属于我们的珍贵的友谊。

青春在疼痛中成长

现在仍然清晰地记得,四月的最后一天,阳光灿烂地在天空绽放笑脸,仿佛是在为我们最后一个月的拼搏加油打劲。在学弟学妹们敲锣打鼓尽情欢笑的运动会过后,我们站在阳光下,抬头看着他们从一排排红色、黄色与蓝色的座椅前缓缓移动着不愿意抬起的身子,离开看台。然后是为高三准备的独一无二的减压运动会,每个人都怀着激动的心情,毕竟三年只有这一次,除非复读,不然你只能享受一回。我和好友拍拍弯曲了一整天的后背,用写主观题写到要断掉的手指互相挠痒痒,在人群中像海里的游鱼般穿梭着嬉笑打闹。

我就是这时不小心踩到浩爷脚的,他吃着不知道什么时候偷偷买的一个糯米糍,突然"哎哟"一声,用手去揉自己酸疼的脚,糯米糍就这样掉到了地上,从紫色的袋子里滑落出来,圆圆的白白的身躯沾满了灰色的土。

我连忙道歉,然后又继续跑远了,仿佛什么事也没有发生。

因为他一直都是那么大度。

浩爷有着一米八的个子,二百斤的体重,走在高三教学楼狭窄的走廊时,通常容不得第二个人超车,尤其是那强壮有力的双臂挥舞起来,拥挤在后面的人都能感觉到类似大鹏展翅时留下的一阵阵旋风。

他总是穿着蓝色的校服上衣,裤子却是自己的运动裤,原因貌似领校服的时候碰巧没有特大号了,于是他一直穿着运动裤,但是穿到他的身上,似乎有点绷紧,和跳芭蕾的紧身裤一样。

和他的博学多才上知天文下知地理相比,我们记住的更多的是他给我们带来的欢笑,这欢笑曾一度成为高三最幽默最快乐的时光不可或缺的添加剂。

他是我们班的活宝,从后门一直望向讲台,一眼就能看出哪里是他的位置,小小的桌子上摆着半米高的书,他经常将大大的头倚在上面思考数学题。竟然没有倒,我们在旁边直呼惊讶。

安静的自习课,因为有了浩爷的存在而变得有了一些乐趣。经常写着写着作业,累得趴倒在桌子上,会突然间听到"噗"的一声,然后传来开窗户通风的"刺啦"声,继而是一阵爆笑。高三就是这样,一点点快乐会被瞬间放大,直到狂笑声发泄了刚刚做题的烦恼后,才变得如之前一样的安静。

我觉得这样做有些过分,但是他却没有一丝计较的神色。都是开玩笑的,他甩甩自己并不是很长的毛寸,憨笑着说。

他有严重的鼻炎,所以总是连着打喷嚏,他的喷嚏声音洪亮,站在屋外都能听到。第一个喷嚏过后,就震得他桌上那摞书一晃。有时候我们摸清楚了规律,看着手表默默算着时间,几秒钟过后,我们会一齐学他的样子打个大大的喷嚏,他真的立马也打起了第二个喷嚏,我们哈哈大笑,接着是第三个,每次我们都为这精确地计算感到一种油然而生的自豪。打完喷嚏,绝对是揩鼻涕的声音,他从那摞高高的书上拿下来一卷卫生纸,胡乱拽点,就附在鼻子上面,顿时排山倒海般的气势向全班压来,好几次老师都不得不停顿一下，静静地看着他，嘴角是强忍住笑的纠结。而我们，早已笑得前仰后合拍桌子加跺脚。他呢，一副满不在乎的样子，回报我们的仍是那憨憨的笑。

那确实是他最可爱的样子了。

可是刚才，就在我不小心踩了他一脚后，我没发觉他脸上的异样神情。

减压的趣味运动会，如火如荼地开展着，在进行了好几个游戏后，我们的热情被彻底点燃，没有课业负担的压迫，没有冥思苦想的痛苦，也没有腰酸背痛的折磨，我们都像获得了重生。

"台风中心"需要四个人同时握住一根长长的竹竿，绕着一个红色的类似圣诞帽一样的标志物做的台风眼，奔跑，旋转，再奔跑……一组接着一组，先回来的一个班为胜利。

我们开始结组，关系好的相互拉着小手，从前面站成整整齐齐的好几排，我们是文科班，所以男生少，落单的几个零零散散地散落在女生当中。我看见浩爷站在队伍外面，不知所措地从第一排一直走到最后一排，双手叉着腰，嘴里念叨着什么。

游戏开始了，我们开心地奔向终点。绕来绕去，绕得一声声欢笑洒遍草地。

只是，我们没有人注意到，在热闹的人群后，是一个落寞的身影。全班四十九人，四人一组，还剩下一个人。

不用猜，就是浩爷了。他体育不好，跑步跑不快，运动时间过长会气喘吁吁，还会咳嗽打喷嚏，和他一组只会拖后腿。于是这样的理由便将他拒之门外，仿佛我们被一个大大的无形的罩子罩着，看不见摸不着，但是却足以阻挡另一个人敏感的心。

我扭头，看见他踮身向教学楼走去的身影，迈着外八字，胖胖的身体一扭一扭，左臂挥舞着，右手却在脸上抹着。他在擦泪。

他哭了。

那个豁达大度、心宽体胖总是被人嘲笑却满不在乎的乐观向上的浩爷流泪了。

我的心里一酸。我们以为永远都不会发脾气的大好人就没有小宇宙爆发的那一刻，我们以为永远乐呵呵的无论别人怎样捏仍然微笑的软柿子就没有伤心的那瞬间。我们一而再再而三地伤着他的自尊，完全不顾及他的感受，虽然是无心地伤害，却仍然在他脆弱的小心脏上划下了一道深深的伤口。

而拿刀的人中，就有我。

同学们也发现了他的异样，纷纷跑过去劝他留下来，对老师大喊再来一局。他只是一直摇头，然后头也不回地跑回了班。

突然想起来体育考试的时候，他一个人被甩在队的最后，越落越远。他一只手叉着腰，一只手奋力摆动，不时扶一扶冒着汗珠的鼻梁上的眼镜，喘着粗气，别的同学跑不动了就偷偷地绕近道，而他没有，自始至终，跑了整整三圈，直到其他同学都到了终点，坐在跑道上给他加油，连体育老师也以为结束的时候，浩爷终于赶了上来。

那个时候，我在心里给他鼓了掌。

现在，我看着他孤单的背影，想了一个点子。

我和几个好友去小卖部一人买一包自己最喜欢吃的零食，卷卷心、妙脆角、乐事青柠薯片、喜之郎果冻、魔法师的巴西烤肉味干脆面……然后装到一个大袋子里，里面还有一封信，写着每个同学对他的一句道歉的话。

趁浩爷不在班里的时候，我们悄悄地放在他的桌子上，和那一摞子书并肩。

我们坐在桌子上，用书挡住脸，偷偷地看着他回来后的一举一动，心里怦怦直跳。

直到看见他露出了久违的微笑，还是憨憨的毫不在乎的笑，我们的心终于放下了。

我们终于懂得，一个人的自尊是多么的重要，那些听起来开玩笑的言语，那些看起来也毫无恶意的动作，却在一个人敏感脆弱的心上，留下痕迹。很疼很疼。

青春就这样伴着疼痛，一点又一点，在跌跌撞撞中成长。

我要还原被小说丑化了的"90后"

一、若是记忆会长翅膀

我背着书包，走出了教学楼，这一走，就再也没有机会回来了。我轻轻地扭头，望见了那棵长得像西兰花一样的大树，蓊蓊郁郁的，在盛夏闷热的空气中疯长着，每一片叶子都在膨胀，挡住了窗户，挡住了班，可是记忆啊它却像长出了翅膀一样，从枝叶的罅隙间飞到了我的脑海里。那时候的耳机里正在放李闰珉的"*Kiss The Rain*"，我最喜欢的一首钢琴曲，

总能让人浮躁的心沉静下来,在这个异常纷乱的世界中,找到自己应该属于的位置。那一刻,周围激动兴奋抱成一团的喧闹声,拍照留念大声喊的"茄子"声,都在瞬间被抹杀掉,一切安静的只有那钢琴优美的旋律来来回回穿行。这个我们生活学习了三年的高中的校园,如今一别,不知何时才能相见。我一直是相信缘分的,缘不断,情总会相连。

这里,带给我的不仅是知识,还有成长的感动、人生的思考。尽管大家都说高中三年,就像是在监狱一样,每天除了学习就是学习,教学楼、食堂、宿舍三点一线,像是既定好的轨道一般,无法逾越。但是当你真正经历过后就会发现,高中不是恶魔般的地狱生活,而是苦行僧求取真经必需的磨炼之路,磨炼了你的身体,磨炼了你的思想,磨炼了你的灵魂,你得到的,是一生宝贵的财富,似贝壳中历经等待结成的珍珠。

我的高中生活和普通人没有区别,只是作为一个行走在人群中的记录者,比别人有更多的感触与思考吧。我怀着一颗敏感近乎脆弱的心,努力做一株向日葵,哪怕经历了风霜雨雪,都无法阻止我一直面向太阳的脸庞,微笑。

二、像向日葵一样成长

那是中考完的暑假,和任何一年的夏天没有两样,我和好友顾不上头顶的骄阳散发着烘烤蛋糕一样的热量,挤进公交车,晃晃悠悠地来到图书城。那是一种经历了很久未看过闲书日子后的饥渴难耐,面对着各种各样的小说,竟不知从何下手。随手一翻,脸瞬间变得通红。那可是写我们"90后"一代的小说啊,可是为何如此不堪入目?堕胎、割腕、暴力、色情……种种灰色文学充斥着书架,不敢再往下细读,仿佛面对的那本书,轻轻一翻页,便会跳出来一个魔鬼,张着血盆大口,将你撕咬吞噬。

不知是否是空调的冷气开得过足，仿佛一阵冷风拂过，我不禁打了一个寒战。冷，心冷。我们"90后"也是有爱、有责任、有自尊的，我们过着的是阳光般的生活，我们充满了希望与梦想，并且为之不懈努力奋斗。很多同学，都在课余时间做一些很有意义的事情，有时去敬老院看望爷爷奶奶，有时去少保所关照那些需要指导的孩子，有时组织扫大街扫小区，有时去幼儿园教小朋友学习……这些美好的积极向上的故事没人写，只是为了吸引眼球寻找刺激选择那些非主流的文字。多少同学痴迷并深深陶醉于那些看起来掉泪的压抑文章，他们觉得生活就是这样灰暗的、颓废的，那些书籍给他们带来许多不良影响，但是越来越多的文学爱好者继续无病呻吟、乐此不疲。

在QQ上，有很多与我年龄相仿而且喜爱写作的人，他们写的文章，多是忧伤的凄凉的，他们称那是另一种美。我观察了一下，这些人的头像，大多是黑色或者灰色的，空间不少有十字架、"葬爱"、抽烟、割腕的网络图片，给人一种非主流的感觉，日志读起来泛着淡淡的忧伤，一句简单的话语也能写出撕心裂肺、痛彻心扉，再加上背景音乐的哀婉悠长，令人充满了压抑与悲伤之情。

很多人说"90后"是颓废、脑残的一代，我并不承认，但是确实存在一些同龄人，由于受到社会上一些信息的影响，在尚未成熟的人生观价值观上出现了偏差，有的盲目模仿偶像，学他们的样子抽烟、喝酒、打架，有的沉浸韩剧、爱情小说中不能自拔，严重影响了学业，有的甚至影响到了一生的幸福。

我一直说，一本书的力量是巨大的，一个人读什么书，自然会在潜意识中形成什么样的观念。于是，我想写一本对得起"90后"的书，一本教人向善的书，一本能够解决青春期烦恼与困惑的书。《像向日葵一样成长》便是利用中考后的暑假写完的，小说讲述的一帮初中生的故事，从当初不爱学习沉迷网吧的坏小子到一个知道勤奋努力的好学生，从叛

逆的女生到乖乖女，都代表了一种向上的力量，像向日葵一样成长，面向阳光，满心希望。

其实，这个长篇小说的初名是《跌跌撞撞》，当时我投给一位征集长篇的报社的编辑，他看过后，邀我去谈谈。那是一间很朴素简单的办公室，编辑老师是一个居士，慈眉善目，信佛，不杀生不吃肉。他说的第一句话就是："这个题目起得不好。"我笑笑，我说："我的原意是，每一个人都是在跌跌撞撞中逐渐长大的。"他告诉我，一本书的题目很重要，要起的阳光向上，人们看了之后，才会有一种积极的感受，哪怕不细读，也会有很好的作用。另外，不能学某些畅销作家，写一些乱七八糟的东西，虽然销量很大，挣钱很多，但那些都是不义之财，一个人因为读了你的书而做出一些不好的举动，反馈到你的身上，自己也会有不好的结果，那些暂时的金钱繁荣都是虚假的泡沫。我似懂非懂地点点头，若有所思。

那之后，我修改了题目，也将小说中的一些章节进行了删减，最后顺利出版。后来我再去找那位编辑老师时，他早已不在那里工作了。我愣在原地，仿佛是上天派来的一位有缘人，给我指点了一番，指明了正确的方向，剩下的路，是要自己走的。

待我醒悟后，再去寻找真谛。

三、一只被排挤的丑小鸭

该用什么词来形容我的高一呢？打个比喻吧，就像一只被同伴排挤的丑小鸭。我是以中考成绩班里第一进入的这所全省最好的高中，当时雄心壮志、气宇轩昂。却不知，上了几星期的课后，对物理的不知所云和对化学的一头雾水彻底浇灭了我对高中热火般的希望。

我是天生就对理科不感冒，好像是我上辈子与数理化有仇，动不动就来一场兵戈之乱,他们挥着手里的长矛短枪,对着我就是一阵乱刺,然后看我倒在地上奄奄一息的样子,发出一阵邪恶的狂啸。

"我受不了啊!!!"我常常这样在自习课发出怒吼,吵得同桌直对我翻白眼。是的,他是一个处处都比我强的男生,没有先修,竟然毫不费脑子地听懂课,然后用最快的时间把作业呼啦完,拿出一本小说津津有味地读着。而我通常是省略了前两步,直接跳到第三步上。

我们坐在一起,除了吵架就是吵架,我恨恨地对他说:"学习好有什么了不起的?我问你一道题你都不搭理我,你以为你是谁呀?是太上老君还是玉皇大帝?"他通常连头都不抬一下,我透过他那双黑框眼镜,瞥到他的眼睛,一眨不眨地盯着书上的字。我顿时瘫坐在椅子上。

我的自尊与骄傲被一点一点地埋没在心里最隐蔽的地方,直到上面长满荒草。

之后的每一次月考,我清清楚楚地记得,由于数理化的拉后腿,我常常徘徊在十名以内,倒数的。

而我物理最低的一次分数是十六分,当时我们班是十六班,同桌拍拍我的肩膀,拿着我的大好河山一片红的物理卷子,说了句:"这分数真对得起咱们班。"

而我只有面对这恶心透顶的分数咬咬牙,努力使自己的眼泪不掉下来,至少不在他这个妄自尊大的家伙面前。

他好心说了句:"改改吧。"然后把卷子推到我的面前。

我把卷子一翻,白花花的背面闲着也是浪费,不如来点涂鸦。我用最喜欢的粉色荧光笔写着我的感受,把我的整个心都掏了出来,我写道:"在这个人才济济的校园里,我像一只被人排挤的丑小鸭,学习不好,人缘又差,不敢面对老师不敢面对同学,不敢面对那些绞尽脑汁也想不出来的物理题,我真的好绝望好伤心……"有时候,写着写着,会对着一道道由于太使劲的错误叉划破了卷子的红色印痕发呆。那是一段不被人

理解的时光，那是一段天天以泪洗面的时光。

和一群数理化极好的家伙们在一起，我真的很孤单，我常常和一些同样学不会理科的女生拉着手，安静地站在走廊的尽头，望着天上云卷云舒，享受属于我们的小小寂寞。

后来，便分了文理，这种痛苦的日子，终于画上了句号。

现在回过头来，还心有余悸。人无完人，有一长必有一短，只有找准适合自己的目标，再去努力，那样才不是徒劳。所以，不要灰心更不要失望，相信上帝在前方为你开了一扇窗。只不过，有时候你要有勇气走过去，推一下，看看它有没有关上。

四、触碰到梦想的云彩

高三繁忙的学业下，我的新书《我的青春是首歌》也出版了，市作协和省散文学会为我举办了一次作品研讨会，那真是胜友如云，高朋满座。第一次面对各路文学中的英雄好汉，或文笔犀利或文风细腻，或感情奔放或笔锋含蓄，聚在一起，讨论着一个话题——关于我和我的文章。

我一向不读自己写的文章，觉得面对自己的文字有些不适应，看有些文章觉得非常幼稚，但毕竟是小时候写的，没有太丰富的阅历，没有很多的文学知识，传达不出来什么深刻的道理，被大家一看，常常自己先羞红了脸。

我近期写的青春文学中，关于校园中的点滴故事，友情的、师生情的，或感动、或思考，亲情的一组散文，常常令读者看红了眼睛。他们说我的文字有一种震撼人心的力量，是一种真实的感情，毫不做作，用最流畅的语言写出，表达最美好的愿望。

研讨会上有老师中肯的批评，有对未来道路的指点建议，有动人的鼓励与支持,让我非常感动,面对这么多关心我爱护我的长辈,真是千言万语也道不尽我对他们的感激之情,只有用越来越多的好作品去回报他们的辛勤浇灌。

那是一个周日,下午回到家,还要去学校上无人自习,把作业写完,心上的大石头才放下了。第二天升旗,校长特意让我去演讲,我就这样走进了全校师生的眼中——以一位作家的身份。

我一直不喜欢太过张扬的生活,喜欢低调地行走在人群中,做一个校园生活的记录者。经过大喇叭这么一宣传,我立马成了全校茶余饭后的闲聊对象,去食堂吃饭偶尔听到自己的名字,还差一点被噎到。不习惯,是的,不习惯他们叫我"孟大作家",还是叫我的外号更亲切;不习惯他们用一种仰视的态度请教我,还是把我当成什么都不懂的傻丫头好;不习惯当时贬低我看不起我的同学亲腻地偎在身边,还是继续鄙视我让我在疼痛中变得更加强大。

每次下了第二节课都有课间操,做完操回班,我们的教学楼门很小,大家都挤在门口成一大团,叽叽喳喳地趁着放松一下,同学开我玩笑,大声喊着:"哟,这不是孟祥宁吗?"顿时所有同学齐刷刷地看向我,我赶紧捂住脸,红红的还很烫。

从一棵无人看见的小草,被人遗忘在角落的我,经历了多少辛酸悲苦,终于长成了一棵参天大树,触碰到了梦想的云彩。

五、碎了一地的樱花梦

日子不紧不慢地缓缓行走着,扭着屁股,走着猫步。不理会我在后面紧紧跟着的步伐,大声喊着等等我。

有那么一段时间,竟然沉浸在因为特长而被保送的幻想里,寄出去

的书数不清,写的自荐信遍布大江南北。那个樱花梦便是收到唯一回信时做的。梦中的樱花好美好令人沉醉,古朴的建筑、清冽的流水,江南风光尽收眼底。有情人在树林阴翳下密语,有宝藏在图书馆等着人们挖掘,有喜鹊在木制门板外逡巡歌唱。

然而,我不是韩寒、不是郑渊洁、不是比尔·盖茨,我也没有考物理、化学、生物竞赛第一名被保送的能力,我不知道除了努力学习还有什么道路能让我在中国这样的教育体制下更好地生存。

于是,为了我心目中的大学,我拼了。

每天早早到校,快速地把煎饼吃完,然后继续埋进书堆,和班里所有寻梦的同学并肩作战。算不出来数学题,我会突然变得很急躁用笔将草稿纸画烂,会在费尽所有脑细胞去研究地球运动的题时,突然大哭起来。我的压力仿佛大到了极点,会在梳头发的时候盯着掉进手里的大团大团头发感到莫名恐慌,连走路的时间都视为是一种浪费,每天除了埋首无穷无尽的课本与习题中,就是抬一下头,看到自己面前那只嗒嗒作响的钟表以及不断逼近的令人窒息的倒计时。

高考成了生活的全部。写作早已被我搁置在一边,像忍痛与自己最爱的恋人难舍难分一般。

成绩竟然稳定得非常好。名牌大学不成问题,班主任也拍着我的肩膀安慰道。

可是,好像每个人都是命运的提线木偶,被他的手一直操纵着,而我一度想要摆脱,拼命跑了很远,却被命运不费吹灰之力轻而易举地拽了回来,在原地打转儿失去了挣扎的力量。

回到了原点,像上天精心地安排。

梦想有时是那么的脆弱、不堪一击,只一串数字便可以毁灭之前的无数念想。当你发现一切努力都已白费,上帝似乎不怎么垂青于你,帮你关上了门,还轻轻地锁住了窗户,你被关在一个闭塞的屋子里,像被黑暗笼罩时的压抑,像黄昏袭来的儿时的恐惧感,仿佛时光倒流,你回到了那个颠颓可爱的年纪,对一切都宠辱不惊,因为你不懂,活得简单而且自在。

曾经每天清晨对着镜子里的自己喊过的豪情壮语,曾经望着满天星辰站在走廊里背着政治课本被风吹过的孤独,曾经一圈一圈沿着跑道努力让头脑变得清醒的奔跑,曾经以为一切都会如火焰般热烈燃烧,但如今看到的只是一团烧焦的柴草,烧成灰烬的渣滓被风一吹,就轻而易举地飞啊飞啊,飞到了眼里,流出了泪。

是的,高考,我失利了。

是经历了大大小小 N 次模拟考试之后最烂的一次成绩,平时远远被我甩在身后的同学都比我分数高。我没有流下一滴泪。我发现我真的长大了很多,这就是高中三年最大的一个收获——宠辱不惊,可以安安静静地生活,平静如一丝没有风吹皱的池水。

望着碎了一地的樱花梦,我不哭不闹。打理好自己的心情,微笑。

六、感谢你们的陪伴

我的高中生活,或者说,我整个的写作中,都离不开一群人——默默支持我的柠檬们。在空荡荡的电脑屏幕后,有那么一群有着天真笑靥充满善良的人们,他们会在我取得一点点进步后给我继续下去的鼓励,会在我伤心失落的时候在背后默默地看着我替我分担烦恼。有那么一段时间,我的心情压抑到极致,我独自一人坐在学校的天台,听风声从耳边呼呼吹过,看天上的云朵,变幻莫测。打开手机,我看到了他们留的一句话:"如果柠檬树倒了,那柠檬怎么办?"那一瞬间,泪就决了堤。从此以后,我又恢复成了往常那个向着太阳微笑的葵花女孩,在追梦的旅途

中,不懈地向着太阳奔跑。

柠檬们,感谢你们一直以来伴我左右。因为你们的陪伴,我才得以成长。柠檬树会越来越大,新的枝杈会生新的叶子,叶子连着叶子,一直延伸到我们每一个人的心里,将我们紧紧相连。